角色表

麥齊家	商人
倪寶貝	其妻
倪壽崑	麥齊家岳父
麥朝霞	麥齊家長女
勞思來	朝霞丈夫
麥晚霞	麥齊家幼女
麥國富	麥齊家弟弟
莫荔緹	其妻
倪德民	麥齊家小舅
杜夏蕾	德民妻
杜懿芳	夏蕾姊姊
何必達	私家偵探
馬鷹象*	台灣商家
馬鷹獅*	台灣商家
馬鷹虎*	台灣商家
馬鷹豹*	台灣商家
馬鷹狼*	台灣商家

*原作者意向是同一演員飾演馬家五兄弟。

全劇發生在一個秋天的一周，各家族成員的家居內的客廳、廚房、玄關、樓梯頂平台、浴室及睡房中。

（譯註：部份對白需要另請高明譯成閩南話。原擬「莫麗緹」名字恐被人告，改為「莫荔緹」。

原著演員表常列五兄弟中Lotario居首而Uberto居次，但內文二人出場時介紹Lotario是三十二歲，Uberto是三十五歲，我跟內文，以Uberto為老大、Lotario為老二，當然可能演員表的次序才正確，由導演定奪。其他名字以譯音為主。可以斟酌修改。

譯本中有大部份是忠實翻譯，但要本地化而改用香港、深圳等事物人名，有提及時人時事、有廣告用語、有諧音粗俗語、有我自己加的笑料。所有這些都不堅持一定要保留。由導演演員在排練中酌情決定是否全部採用，也歡迎修改。）

第一幕

時間：當代

地點：深圳南山區某山莊屋邨，全是複式

（譯註：南山區即深圳市城區西，由東至西可分為三部份，首先是旅遊區，有「世界之窗」、「中國民俗文化村」、「野生動物園」，還有兩個高爾夫球會。中部是教育及高新科技區，有深圳大學、「高新科技開發區」和「高新科技園」，內有數十間中港大學名校的「虛擬校園」（包括香港大學、香港中文大學、香港科技大學），是國內大企業和跨國公司集中地。第三部份是南山，山麓周圍是高尚住宅區，全是「XX山莊」、「XX花園」或「XX別墅」。本劇主角的住宅應是集中在這地點，可以考慮豎個招牌如「必貴山莊」或「必貴花園」，也可以省去。至於「壽珊石雕」這港商的北移工廠可以在高新科技區，但不一定 —— 也可以再遠到更北的橫崗 —— 劇本中也不點明地點，總之在深圳內。上述高尚住宅區的外圍，也是酒吧聚集點。）

我們似是看着一幢現代的或新近現代化的房子的橫切面（譯註：忠實翻譯 —— 但愚見認為應是「縱切面」），**深圳特區高級行政人員聚居的屋邨。**（譯註：可考慮是否加個屋邨招牌豎立在屋外，例如「必貴山莊」）**我們是從屋後看去。一共四個房間，樓上兩個樓下兩個。樓下的一邊是客廳、摩登傢俬裝飾、尖端家電如hi-fi等**（譯註：update的應是家庭影院）、**長沙發、單張扶手椅、矮几。中性地氈。有多尊不同大小的壽山石雕擺設，佈滿全屋。廳的面積很大，是打通兩個廳，然後中間有分隔開兩廳的拉門，形成一個「近廳」和一個「遠廳」。人物移步往遠廳，會局部，或有時全部，遮了不見。兩個廳原有的廳門都保留，分別通往：**

玄關 —— 有樓梯通往樓上。最後一端是大門口，通往一條看不清楚的前庭小徑和之外的街道。

玄關另一道門通往後廚房，整個可見。很摩登，設備齊全，也和客廳一樣，僅僅不夠詳細以致和上百間其他廚房大同小異。

玄關的第四道門，通往前飯廳，在廚房之外（台後），因此出了我們視線以外。廚房有道開口在牆中間，連接飯廳。因此，打開之時可以看穿見到飯廳部份。廚房遠端是後門，通出不清楚的後庭。

玄關的樓梯通到樓上的樓梯頂平台，與玄關形狀近似，又是有四道門。離我們最遠的兩道通入房間（應是睡房），我們見不到的。我們看得見而正正在客廳上面的（但只有客廳一半深的）是間睡房，有雙人床，新潮拉門的衣櫥等。房間的風格又是現代式而無性格。似乎屋主都滿足於全屋有一系列標準的優良、摩登、大量生產的單位組合，可以滿足他們的需要。看下去，果然如是。

最後，睡房隔梯頂平台對正的另一邊，是浴室。相配的摩登設備，浴缸有浴簾、水廁、洗手盆等等，全是相襯的柔和的粉色。

劇情進行中，以上各處成了家庭中不同戶的各廳房。現時則正如我們所假設的，即是組成同一戶：麥齊家和倪寶貝的家。

一個冬天的晚間，所有樓下部份和梯頂平台都亮了燈。「倪寶貝」，年約四十的婦人，立在大門旁，臉貼在一道小側窗向外面的夜色中張望。

在客廳內，十名客人在低聲聊天。他們是：「倪壽崑」，寶貝的父親，年過七十，曾經是家族的推動力，到如今卻已變得古怪難測；他大子「倪德民」，四十八歲，超重、（辦事）無能、姿整的中坑；「杜夏蕾」，四十四歲，德民的妻子，瘦削而神經緊張（因為患厭食症加寵物狂）的女人，衣着品味很差勁；她的姊姊「杜懿芳」，五十歲以上，強烈對比地穿得簡樸，甚至不修邊幅，她冷靜、喜怒不形於色而高效率，站近倪壽崑，默默而有效率地照顧他的需要；麥齊家的弟弟「麥國富」，三十八歲，他企圖建立一個和藹可親而精明幹練的形象，但是他太需要被愛，因而有弱點；他妻子「莫荔緹」，三十六歲的美婦，衣服華貴，外向而精明，新一代內地女強人；陪着她而過份殷勤的是「馬鷹象」，三十五歲花花公子型的台灣商家。

最後，還有家族中的少壯派：麥齊家和倪寶貝的長女「麥朝霞」，二十三歲，較像她母親，她堅強能幹，更有一種成熟，是來自承擔起照顧兩個小孩和應付她那不切實際的丈夫「勞思來」，二十五歲，一個沒有希望的活在夢想中的人。暫面相識就不錯（相見好），和他同住就氣死人，他已經開始後悔六年前太年少無知放縱地建立家庭了。

朝霞的妹妹「麥晚霞」，十六歲，是最後一位，離開眾人一段距離「獨立」，似乎清楚知道自己是唯一仍然在學而自成一國，代表新而不同的一代。她正經歷的那個人生階段──teenage──覺得人生經常是一種痛苦而異常個人的經歷。她比其他家族成員更感身為港人而要適應移居深圳的困難。

所有人都有飲品，在等着某人來到。我們有一秒鐘消化這場面，然後，在玄關窗前的倪寶貝，見到有人走來，她趕快回進客廳。

寶貝　　哦！全人類戒備！佢返到喇。（聊天漸淡出，有一兩聲「哦」）齊家返到嚟喇，佢架車啱啱入到街口。唔該熄燈吖。

各人照做，熄了身邊的桌燈，寶貝在門旁掣關掉天花燈。

壽崑　　整乜傢伙呀依家？

懿芳　　係齊家返到嚟呀，佢返到門口呀。

壽崑　　乜水話？

寶貝　　全人類合作！有咁靜得咁靜呀吓。我就盡量拉佢直入嚟廳度。

荔緹　　（在黑暗中咭咭傻笑）嘻，好鬼黑呀。（譯註：她是「北姑」，帶有口音，普通話更流利。）

眾　　　哦！

寶貝　　（趨廚房）盡量靜啲吓。佢由車房嗰便入屋嘅。（在廚房，假裝在鋅盆幹活）

荔緹　　（黑暗中）哎吔！

全人類　哦！

荔緹　　邊個做嘅？係邊個搣我？

國富　　咪嘈啦。

荔緹　　咁真係痛吖嘛喺嗰度，邊個咁多手？

全人類　噼！

朝霞　　靜晒！佢嚟到喇。

靜默。後門開啟，「麥齊家」，四十五歲、充滿活力和魄力的一家之主進門上。

齊家　　老婆，我返嚟喇。

寶貝　　老公（吻他頰）今日咩環境咁呀？

齊家　　OK啦，你知啦，衷心歡送囉，例牌嘢囉。「我哋好唔捨得你謝蒼天佢終歸走頭略……仲北上去到深圳㗎。」

寶貝　　（帶着愛意）佢哋冇咁講啩。

齊家　　佢哋個心係咁諗呢。一路歡送到我出五豐行大閘口呀佢哋：「拜拜喇你死老鬼。」（感到她的緊張）我唔係好遲返喏係嗎？你知啦，放工時間揸車過關係塞啲。

寶貝　　遲少少啫。

齊家　　（入門後首次正眼看她）你着到靚靚咁嘅係嗎？

寶貝　　冇，着咗幾十年啦呢套。

齊家　　（一陣恐慌）你唔係想搣我出街吖嘛？

寶貝　　唔係，唔係。

齊家　　咁都冇咁驚，我邊個都唔想見呀今晚。（走進玄關）

荔緹　　（低聲）哎吔，弊咯。

朝霞　　噼！

9

寶貝　　斟兩杯酒嘆吓吖，好嗎？（替他掛起大衣在玄關）

齊家　　（斟酒時向身後叫她）我正話揸車經過間廠……

寶貝　　乜話？

齊家　　頭先返入嚟深圳順路經過我間新公司吖嘛。「壽珊石雕」，你估點呀？我忽然間覺得好興奮呀。（他回到廚房門口）

寶貝　　咁咪好囉。

齊家　　老婆呀，我接手你伯爺（上平聲）响深圳呢間廠呢，一定馬到成功㗎。

寶貝　　你經手嘅實掂喇……

齊家　　（擁抱她）唔係，唔係淨係「我」，係「我哋」。你，同我。

寶貝　　（半信半疑）好呀。（二人啄木鳥式一吻）

齊家　　咁你着到咁靚做乜啫？

寶貝　　冇嘢，興到咪着囉。

齊家　　「興到」？想引「到」我「爆」焰焰，唔好諗返工嘅嘢，係唔係呢？吓？

寶貝　　（帶羞，明知廳內有觀眾）咪咁冤氣啦。

齊家　　晚霞喺樓上咩？

寶貝　　唔係，佢今晚出咗街。

齊家　　剩低我哋兩個咋可？

寶貝　　係囉，冇第個喇。

齊家　　收倒。

寶貝　　去斟嘢飲先啦。

齊家　　（執她的手，拉她）咪住，你跟我嚟先。

寶貝　　跟你去邊啫？

齊家　　（趨樓梯）好近啫，唔遠，我保證今次唔「遠」。

寶貝　　（恐慌）齊家，咪啦，唔得㗎，傻咗咩。

齊家　　依家我想吖嘛，唔怕話你知……

荔緹　　（低聲）大劑……

寶貝　　唔好，唔得嘅，咪啦齊家。

寶貝拉脫手，留在梯腳，齊家繼續退後上樓梯。

齊家　　嚟 —— 啦 —— 。

寶貝　　唔嚟。

齊家　　（更堅）嚟呀。

寶貝　　唔制。我入去廳度。（指客廳）我要飲杯嘢。

齊家　　寶 —— 貝 —— ……

寶貝　　（開廳門）我响廳度吓。

齊家　　寶貝，如果要我落嚟捉你呢……

寶貝　　拜拜。（寶貝進廳，關廳門，擠進眾人堆中）

齊家　　寶貝！

寶貝　　（孩子氣地）Yoo-hoo！（向其他人）失禮晒，真係醜死鬼咯。

朝霞　　（怒而低聲）媽咪呀，你哋玩邊科啫？

寶貝　　係咁先至引得倒佢入嚟廳度吖嘛。（叫）Yoo-hoo！

齊家　　我要追到入去捉你嘞寶貝……

國富　　今次有好戲睇咯。

荔緹　唔使怕啫寶貝，我哋瞇埋眼唔睇囉。

寶貝　嘛！

齊家　寶貝！如果要我入去捉你呢寶貝……你知道咁即係點解㗎啦？（開始脫去西裝上衣）即係用暴力。暴力，暴力呀寶貝。（把上衣拋在扶手上，開始下樓，用沉重腳步）冇錯。匈奴王嚟喇。你聽倒佢行緊埋嚟嗎寶貝？（脫領帶，開始解襯衣鈕扣）係匈奴王「胸毛旺」呀，行緊埋嚟擒──拿你呀。

荔緹咭咭笑。

思來　胸乜嘢話？

寶貝　死咯，我想搵個地窿捐落去咯，我死咯點見人吖。

齊家　（用「匈奴」口音）唔──！野人嚟喇！深山大野人呀！個漢族性感小野貓匿埋响邊度？我嚟喇，胸毛旺嘅匈奴霸王，舉住佢嗰支又大又粗又長嘅──狼牙棒──（他打開廳門，慢慢伸手向燈掣，同時柔情地叫）漢族性感小野貓！嚟俾我暴力吓啦。睇吓邊個嚟咗，睇吓邊個喺呢度……（亮燈）睇吓邊個……哎吔吔！乜咁大棚人！

全人類一聲大叫。

寶貝　睇吓邊個喺呢度。

齊家面紅耳赤，寶貝一般尷尬，在一片笑聲中摟住他。以下六句重疊。

齊家　有冇搞錯。有冇九両菜，佢哋捕喺度幾耐呀？

寶貝　對唔住囉齊家，我冇諗住你會咁㗎嗎，我誓願都得。

齊家　我呢世人肯定最瘀今次……

國富　（與上句同時）做埋落去就正咯，啱啱做到戲肉可？

荔緹	好精彩呀，啲咩嘢匈奴係點玩法嘅啫？我想知呀。
鷹象	（閩南話）「匈奴」？拜託，這是甚麼大陸玩意？

荔緹低聲試圖解説。

齊家	（認住壽崑，與他握手）喂，外父大人你好嘢，咁樣玩我法？
壽崑	（裝作熱情而胡混地）喂，阿咩嘢，見倒你咁咩嘢呢，我都覺得好咩嘢咁呢。（向懿芳）佢係乜水？
懿芳	你女婿麥齊家吖嘛。你認得齊家啩倪伯？
壽崑	哦，齊家吖嘛，我認得，我個好女婿吖嘛。（試圖止住眾人話聲）各位……鄉親父老……
寶貝	㗎！全人類！
德民	全世界收哆……靜一陣 ──（靜默）
壽崑	（向懿芳）咁呢個又乜水呀？
德民	我係德民呀老豆，全世界聽住 ── 我老豆要講嘢。
壽崑	我講兩句嘅啫，因為我知道你哋知道我哋大家都知道我哋講緊邊個人，大家都知道，我哋阿齊家 ──（抓住德民臂，他輕輕拉脫手放在齊家臂上）我個好女婿……（被德民的動作困擾）整乜傢伙？
德民	冇嘢呀老豆。
壽崑	咪再整古做怪吓。（續演説）齊家，我嘅好女婿，我阿寶貝個好老公，辭咗香港五豐行份工，上嚟深圳，返嚟祖國第一個經濟特區搵起副擔挑，接我手打理我呢盤最早北上開廠嘅生意，我淨係得一句説話講：歡迎你返嚟自己嘅「家庭作業」呀齊家……（眾鼓掌）我淨係想講咁多啫。（鼓掌）
齊家	（開始回應答詞）哦，外父，好抱歉我 ── 我今日都冇預過……
壽崑	「想當年」，我由香港行過羅湖橋上嚟開呢間廠嗰陣，成副身家得

二百五蚊，一架手推車仔推住做種嗰尊石觀音，同埋一個賢內助，一個由成功男人背後企出嚟擋喺佢前面嘅女人。「到如今」——唉，冰珊，佢已經息勞歸主咯。剩低佢個名，喺呢間家庭作業嘅公司個招牌度：「壽珊石雕」。「看將來」，有邊個人可以領導間廠，大踏步神情確威武咁邁進廿一世紀？一定係我個寶貝女阿寶貝個老公阿齊家，係佢至做到。（笑聲及掌聲）講完啦講完啦。

齊家　（肯定壽崑講完了之後）多謝外父，我會盡力而為。希望你有注意到，呢間屋所有最有藝術品味嘅裝飾擺設，都係一間獨家供應嘅，所謂肥水唔流過別人田，好嘢梗係幫返自己人啦。（眾笑）咁，我諗大家都知，近排生意冇預期咁穩定。需求少咗，通通縮吖嘛，我哋都理解。因此產量亦低咗，我睇得出大家失咗些少信心，呢點我好明白。噚，以往喺香港咁做生意，講句有啲使命感嘅嘢，啲人就笑到碌地。商人同使命感，佢哋覺得係相反詞。不過，我哋雙重回歸咗，九七回歸之後，再北上回歸到祖國地域開廠，應該有新嘅與時並進睇法，等我盡量簡單講，我好有信心起碼要建立一個簡單嘅信念，呢個信念就係，一個信字。（停下做效果）

壽崑　一個乜嘢字話佢話？

懿芳　信字。

壽崑　哦，講個信字，好。

齊家　我係話大家要達成共識，對於公司每一位個別成員而言，喺公司返工，唔再係一味攞、攞、攞……喺舖面攞貨、喺廠攞原料、claim多五十蚊車錢，抑或喺寫字樓攞一拃萬字夾。我哋返呢度做嘢，係因為大家真正相信我哋所生產嘅嘢，等我哋試吓建立一個信念，就係我哋咁多人都信到咁十足嘅，因此大家直頭好熱心要獻出一啲嘢回饋俾返公司：獻出我哋嘅努力啦、腦汁啦、信心啦。如果我哋做得到，你估我哋會上到邊度呢？我話你知，我哋會上到去行內第一位，威過景德鎮，叻過石灣瓷，就係上到咁

高。我哋係小規模家庭作業啫，到今日為止，仲係基本上同過去冇乜大分別，十年如一日。冇分彼此，講到底，全部都係自己人。你哋仲早過我已經服務開呢間字號，就係咁啫：自己人。外父啦、我舅仔德民啦、我女婿思來啦、成間廠所有工人、成個寫字樓所有OL。佢哋直程好似一家人咁啦，唔係咩？所以目標唔係好難達到嘅啫。我係話——我哋由萬字夾做起吖好唔好？一步一步一步，我哋由個信字做起，與時並進，挑戰啲貪小利而污糟邋遢嘅陋習，我好有信心，一定會打贏呢場仗。係咁多……（停頓）對唔住。

一陣愕然的靜默，然後全體鼓掌。

壽崑　　講得好，齊家，講得好……

齊家　　多謝。

壽崑　　我早知道我冇揾錯人。

德民　　（向齊家，機密地）好啱聽，好有feel。

齊家　　多謝。

思來　　勁，我一個字都聽唔明，總之勁。

寶貝　　思來呀，睇睇有冇邊個未有飲料。

思來　　收倒。

以下，思來與德民移步往廳的較遠一半去添飲。夏蕾跟隨，寶貝留下與壽崑及懿芳交談。晚霞坐一隅，持半杯可樂，繼續讀硬皮書。

荔緹　　（在其頭上空）恭喜恭喜！你講得好精彩呀！聲音洪亮！你持續成粒鐘我都唔會厭㗎。

齊家　　我頭先講嘅嘢係非常之認真。

荔緹　　我當然知道啦。大哥，我介紹你識吖：馬鷹象，係國富生意上嘅

朋友，台灣嚟嘅。

齊家　　馬生，素仰素仰。

荔緹　　呢位係國富嘅阿哥(向齊家)——佢唔多識廣東話㗎。(閩南話)我大伯麥齊家。

鷹象　　(閩南話)幸會，謝謝你的邀請，房子很美！

齊家　　豈敢豈敢。(向荔緹)佢講乜啫？

鷹象　　(閩南話)家人也美，你太太和女兒都是花姑娘。

荔緹　　(閩南話)多謝(音在射)。馬老大話好欣賞你篇演詞喎。

齊家　　哦，過獎過獎。(向荔緹)乜你識閩南話嘅咩？

荔緹　　學緊啫，聽帶囉，朝早跑步聽walkman囉，弊在我係要周身郁緊嗰陣至講得流利囉。嘑，阿大伯爺，唔好意思我哋走先嘞，馬鷹象佢約定咗食野味，我就應承咗傍住佢……

齊家　　招呼唔到……

荔緹　　我哋專誠嚟得一得，講句恭喜囉。

齊家　　國富都要走先咯噃……？

荔緹　　唔使。食野味冇國富份㗎。

齊家　　(稍尷尬)哦，係我估錯。

荔緹　　(飛吻)第日再傾。

鷹象　　拜拜。

齊家　　(普通話)再見！

鷹象　　(閩南話)對了。(普通話)再見！

荔緹與鷹象趨大門口，寶貝相送。

壽崑　　(更機密地)聽日嚟同我摎吓好嗎？喺我屋企吖。

齊家　　好。

壽崑　　(出廳)我成日都喺屋企，OK？

齊家　　一定到……咁早咪咯嘛。

懿芳　　早唞喇齊家。我要送你老外返歸……

懿芳扶壽崑趲大門，寶貝剛送走了荔緹和鷹象。國富從前廳復上。

寶貝　　吓？你又走呀懿芳？唔留低食飯呀？

懿芳　　唔咯，倪老伯要返歸呀，佢唔出夜街喍……

國富　　大佬，講到口乾整返杯吖？整杯堅嘢俾你飲吓好唔好先？

齊家　　唔該，潤吓喉啦，威士忌加好多水吖。

國富　　馬上送到。(往倒酒)

朝霞　　(吻齊家額)好正呀爹哋，語「重」、「深」、「長」！

齊家　　我冇打算咁長氣喍。

朝霞　　你唔長啫，講真吖，我覺得你講得好精吖，係時候有人企出嚟講呢番說話啦。

齊家　　多謝晒，自己個女都讚就實係真心啦。

朝霞巡兩廳，收拾起空杯和要添的小吃盤，晚霞現時邊看書邊聽 walkman。

齊家　　(注意到她)哈佬晚霞。

晚霞　　Hi，爹哋。

齊家　　先頭睇你唔倒，轉咗嚟深圳返學，你近日……OK吖嘛？

晚霞　　我OK。

齊家　　　咁咪OK囉。（二人似乎再無話可說）好。

齊家回入玄關，同時，寶貝送走了壽崑、懿芳、荔緹、鷹象而回來。

寶貝　　　大佬呀，呢個係party，唔係市長工作報告直播呀。

齊家　　　對唔住囉，我沙（去聲）晒冧㗎啦，道歉咗啦。

寶貝　　　（擁抱他）講笑啫，其實我為你而驕傲。

齊家　　　失禮……

寶貝　　　如果呢世界有你咁好人就no problem囉，真心講句。（一吻）我
　　　　　錫、錫、錫死你。

齊家　　　我錫、錫、錫返死你。

寶貝　　　不過好心唔好再致辭啦，唔係就成世都開唔成飯㗎得唔得先？

齊家　　　（笑）冇問題，我洗個臉先。

齊家開始拾級登樓，寶貝由遠門進廳巡視。同時，朝霞從近門走出，手持空薯片碗。

朝霞　　　你上到去唔好咁嘈得嗎爹哋？我兩個啤啤瞓緊覺。

齊家　　　（開心）哦，你帶咗兩隻小魔怪嚟呀？

朝霞　　　係，思來同我攬埋基基瞓客房，囡囡（上平聲）就同晚霞孖鋪。

齊家　　　晚霞肯咩？

朝霞　　　點到佢唔肯。

齊家　　　想入佢間房好似爆銀行金庫咁㗎，用密碼鎖㗎，你見過未？

朝霞　　　總之咪嘈醒佢哋啦。

齊家進睡房，把上衣領帶拋床上，出走廊往更遠的房間，再入最遠一間。

同時，朝霞入廚房，在廚櫃搜尋薯片添碗。寶貝自遠廳上。

寶貝　(見晚霞獨坐)晚霞乖女，你肯落樓跟大隊，我好開心，你爹哋真係鍾意你喺度㗎。

晚霞　我知。

寶貝　總之你落吓嚟都好過成晚匿喺房度。

晚霞　我唔坐得喺我房度，家姐佢抆低佢個啤啤喺度吖嘛。

寶貝　點會呢？佢瞓到好淋(去聲)，得嗰兩歲之嗎，好可愛咯。

晚霞　係咁嘔奶整污糟晒我啲嘢。

寶貝　你自己生返個嗰陣就唔同講法嘞。

晚霞　我唔要生爛鬼「死」啤啤。

寶貝　好喇晚霞，我警告你，再係咁講嘢你就上去我叫你老豆落嚟揪你㗎。

寶貝越玄關進廚房，朝霞仍未找到零食。

朝霞　媽咪，仲有冇薯片啫？

寶貝　有，係最頂嗰個⋯⋯唔好侵，咪再俾「口立濕」佢哋，就食得飯喇。

朝霞　幫你手吖？

寶貝　好——煮定晒咯——你入去飯廳接，我遞過去俾你，掂唔掂？

朝霞進飯廳，寶貝開冰箱取出錫紙蓋着的食物盤子，逐一開蓋，經牆上開口遞給飯廳內的朝霞。國富拿自己一杯、齊家一杯，走過客廳，一隻手指勾住冰桶。

國富　　（向晚霞）揾人侵返啲冰好嗎？（晚霞入神看書不理他）有冇人得閒？

晚霞　　你講嘢呀？

夏蕾在廳另一角見到，上前取過冰桶。

夏蕾　　得，等我嚟啦。

國富　　唔該晒，阿嫂個弟婦。

夏蕾　　你叫嗰個細路做嘢盞嘥氣啦。

國富　　啲冰係喺冰格度。

夏蕾　　（邊走邊答）係咩，你唔講我又真係唔知。

夏蕾進廚房，晚霞向她背影做鬼臉。國富不惱而笑，上樓找兄長。

夏蕾　　我入嚟侵啲冰啫。

寶貝　　自便啦。

寶貝把食物傳入飯廳的同時，夏蕾從冰格取出滿盤的冰塊，往鋅盆，放冰在水龍頭下，放水弄鬆冰塊，然後裝滿冰桶。

寶貝　　（通過開口向朝霞）唔掂就碟碟推前啲，應該夠位擺嘅。

國富現時在樓上找着齊家。

國富　　（大叫）大哥！齊家，幫你斟咗杯堅嘢呀大佬。（齊家自遠睡房出來）

齊家　　嚟！啲啤啤瞓緊覺。

國富　　哦，識做，噚。

齊家　　唔該。(拉國富沿走廊走回去)嚟吖,帶你開吓眼界,你見過咁嘅「姿勢」未?

二人暫時消失客房內,德民與思來攀談,思來在hi-fi播放着一些音樂。晚霞坐着繼續看書。同時,在廚房內。

夏蕾　　(沒來由地)就快攤牌喇嘞呢單嘢。

寶貝　　(全神工作)係咩?

夏蕾　　我响自己屋企都變咗不受歡迎人物囉,就係到咗咁嘅田地。

寶貝　　咁大劑呀好「弟婦」。

夏蕾　　依家係我個幾月以嚟第一次夠膽行入廚房㗎咋。

寶貝　　我恨都恨唔倒學你咁怕入廚房。

夏蕾　　你就笑得落啦,你有乜所謂喏,你有份工做你靠山。

寶貝　　我係有需要至上到嚟都仲要打份工,係經濟上需要。(從開口問朝霞)移開啲小碟吖,嗰碟應該fit倒枱尾嗰個位,喺兜沙律隔籬。

朝霞在飯廳內不清楚地回答。

國富與齊家在梯頂平台復上。齊家進睡房,國富跟隨。

齊家脫襪衣,丟進洗衣籃,在抽屜內搜索一件新的。

夏蕾　　呢排我直程唔可以忍受入廚房呢樣嘢。我最多行到去廚房門口。

國富持杯坐下,看着齊家。

夏蕾　　(含淚)德民佢成個周末都响廚房裡頭整嗰幾味大菜,一次三四味起碼……(打顫)你知唔知呀,已經到咗忍無可忍嘅地步,我一聞倒煮食嘅味就會作嘔㗎直頭,你明唔明呀?係厭惡呀!

國富　　你真係做嗰味嘢㗎？

齊家　　邊味嘢呀？

國富　　呢，咩嘢匈奴胸毛旺呀，扯住佢頭髮拉佢上床咁呢。

齊家　　哦，講吓笑啫，你明啦，增加情趣。

國富　　得個講字咋？

齊家　　完全冇暴力嘢㗎。

國富　　真係冇？一世人兩兄弟認咗佢啦。

齊家　　關你鬼事咩八公……

齊家進浴室洗臉洗手。樓下思來亦同樣走到客廳的同一端看着晚霞。德民獨自留在廳的另一半，吃着花生。

夏蕾　　哈，德民佢冇咁易撇甩我㗎，一句講晒，我咁多年青春俾咗佢，叫佢俾返錢囉。我一毫子都同佢計返清楚㗎。佢收埋幾十萬嘅你個好細佬，我知㗎，幾十萬。

寶貝　　真嘅？德民咁疊水？佢邊有咁叻呀？

夏蕾　　佢一個仙都唔使囉，就係靠咁囉。佢好鬼死孤寒嘅，我呢世人未見過孤寒得過佢嘅人，佢唯一使錢嘅就係使落食嘢度，佢唯一拜嘅神就係食神。（坐下，啜泣）以前佢都幾鍾意我嘅，食食吓嘢都會望我嘅。依家佢就直程埋頭食嘢唔望我。

寶貝　　嗥，我應承你夏蕾，你幾時搵日嚟搵我都得，任何一晚，我好樂意聽你傾訴嘅。不過家陣就踢晒腳啫，不如咁，你坐低啲吓。

夏蕾　　阻住晒你嘅。

寶貝　　（向牆洞）吓？乜話？唔係，由得佢哋自助，豉油點醋各有各好……

夏蕾　　（半自語）對唔住囉。（似乎快要倒下，站着抓住空冰盤）

寶貝　　（不耐煩地）唓，保你大坐低啦，俾我。

寶貝從夏蕾手中取過抓不穩的冰盤，大力放在鋅盆旁。夏蕾坐下。寶貝拿起最後兩盤食物走出玄關。思來站在晚霞身後，試圖在她肩上閱其書。

寶貝　　（邊走邊說）我都唔知攞你嚟點搞至好咯夏蕾，真係冇你修……厭食厭食冇晒力。

晚霞　　喂，你到底想點啫？

思來　　冇，想聯絡吓感情啫。

晚霞　　點解？

思來　　哦，咁係家庭party吖嘛。

晚霞　　彈開啦。

思來　　你都要合群啲至得㗎。

晚霞　　好吖。（沒好氣地合上書）開「死」人party吖嘛，你有冇勁嘢吖？

思來　　乜嘢勁嘢呀？

晚霞　　正嘢囉，high K仔呀，（畫出腸）fing頭丸呀。

思來　　哦，嗰味嘢，冇呀，我唔fing頭嘅。

晚霞　　Cool，咁「死」樣咁就叫做party咯可？

晚霞丟下書在廳中，立起往玄關去。

思來　　你去邊呀？

晚霞進廚房，完全漠視夏蕾，開冰箱取罐新可樂。思來取起晚霞丟下的書來讀。同時，齊家走出浴室，進睡房，開始穿上新淨襯衣。

國富	講開又講吖,照我睇,你哋好恩愛吖,你同寶貝。睇唔出佢仲係愛你愛到發燒……
齊家	(謙虛地)係吖,幾恩愛㗎我哋。你唔使咁出乎意料之外咁聲氣呀。
國富	冇,不過 —— 結咗婚咁多年,好難得囉以我經驗之談。
齊家	咁同你阿荔緹搞埋一堆嗰個台灣佬呢?咩嘢人嚟㗎?
國富	(顧左右而言他)哦,佢係搞生意嘅啫。
齊家	你同荔緹冇事吖嘛?
國富	哦,冇事,我哋OK吖,南北一家親,之不過,比如賽車條賽道兜過咁多個圈呢,你咪瞌埋眼都知邊度要捉急彎囉,你明啦。
	(笑)嘩,講真養佢就貴㗎,你想像唔倒咁識使錢裝身嘅北姑㗎大佬。家陣時我要瞓客房,主人睡房冇位俾我瞓咯,堆滿晒佢啲衫,啲波場晚禮服淋(去聲)到上天花板呀,話你知吖,你娶着寶貝算你夠福氣喇老友記。
齊家	冇,寶貝冇置咁多波衫嘅……
寶貝	(從牆洞伸頭入廚房)夏蕾,唔該吖……(見晚霞在廚房內)呀,晚霞乖豬,唔該攞多隻公羹俾我吖,開櫃桶攞。
夏蕾	我都……開你……做得到。

晚霞找匙羹。齊家選了條新領帶,開始結上。

晚霞	(遞公羹)嗱。
寶貝	唔該晒,呀,晚霞,你出嚟順手拎埋個冰桶吖記得嗎?
夏蕾	(怒氣立起)好心俾啲嘢我做吓啦。我食素啫仲未變植物人㗎。(從晚霞處搶去冰桶,奔出玄關)
晚霞	OK,妗母,OK……

寶貝嘆氣，關上開口。晚霞鄙夷地目送舅母。

德民　　（剛現身）有得食未呀？

夏蕾　　（頂他）你實係諗住食嘅啫德民。（回進客廳）

德民　　（借口地）我淨係⋯⋯有啲口痕之嗎，發牙痕啫，民以食為天。

德民遲疑地趨飯廳。晚霞留在廚房喝着可樂，忽然後門有敲門聲，晚霞吃驚地轉頭。

晚霞　　邊個？（續叩門聲，晚霞試圖窺看是誰）邊「死」個呀？（續叩門聲）等陣啦。

晚霞開鎖開門，「何必達」現身，不起眼而年歲不明顯的人 ── 大概三十五歲左右。

必達　　呀，你好，麥小姐，我揾啱地址嚟睇㗎。

晚霞　　（馬上欲關門）你揾「死」錯，「死」返出去⋯⋯

她幾乎關上了門，但必達已踏進一隻腳阻住門口。

必達　　（從門縫叫進來）麥小姐⋯⋯唔該你啦麥小姐，咁做法係無補於事嘅⋯⋯有需要嘅話，我可以用法律途徑㗎麥小姐，有需要就叫蛇口定南山公安分局出拘捕令都得個喎⋯⋯

晚霞　　（重疊）你「死」出去呀，走呀，你咪「死」入嚟，彈開⋯⋯

爭執間開始吸引注意：思來放下書抬頭，走往玄關，不肯定該怎樣做，寶貝從開口伸頭。

寶貝　　晚霞？晚霞，乜嘢事呀？

晚霞　　（掙扎着）叫佢「死」開啦……

思來　　邊個嚟㗎？

寶貝　　等陣阿女，頂住先。

寶貝的頭消失，夏蕾從遠廳進玄關，朝霞的臉在牆洞代替了寶貝。

夏蕾　　咩嘢事？到底咩嘢事？

朝霞　　邊個嚟啫晚霞？係邊個？

晚霞　　（幾乎歇斯底里）總之叫佢走啦，走呀。

寶貝現在樓梯腳。

寶貝　　（大叫）齊家！齊家！快啲落嚟啦！（見思來在）思來，去幫佢手啦
　　　　前世，有人想撞門入嚟呀。

思來　　收倒，識做。

思來進廚房助晚霞，齊家出睡房到梯頂。

齊家　　乜事？有乜唔妥？

寶貝　　落嚟啦好心你，去廚房吖，幫阿晚霞手。

齊家急下樓進廚房，德民從飯廳出來，內疚地手持食物吃着，同時説：

德民　　整乜傢伙？

寶貝　　有人想撞開後門入屋呀 —— 德民呀，唔該你高抬貴手留返啲嘢俾
　　　　其他人食好嗎？

思來　　（上前助晚霞）OK，晚霞，等我嚟……

夏蕾　（大驚）有人想撞開後門呀……

晚霞　（瘋狂地）總之擁返佢「死」出去……趕佢出去──

思來　佢係乜水啫……

必達　（自外）麥小姐，你真係唔可以採用咁嘅行為喫……真係唔得喫……

齊家　（進到廚房）好嘞，呢度有乜事？思來，借開先。

思來站開一旁，寶貝進廚房在門口徘徊。

寶貝　因住呀齊家，佢可能有架撐喫。

齊家　晚霞，等我嚟。

晚霞　（仍死命想關上門）千祈咪俾佢「死」入嚟呀爹哋……

齊家　得喇晚霞，你借開先──

齊家溫文但堅決地拉開晚霞，因此必達沒了阻力而彈入廚房中。齊家抓住他雨衣或乾濕褸的前襟，其餘人集中在廚房門口旁觀。

齊家　（恐嚇地）好嘞，咪住先。

必達　（恐慌）大佬、大佬、大佬……

齊家　閂門啦思來。（思來關上後門）

必達　唔該你，唔好捉得咁實，我──

齊家　你係邊個？吓？

必達　我姓何，何必達。（呼吸困難）你係麥生可？我估。

齊家　係又點？

必達　（聲嘶）吁！

寶貝　你俾佢唞氣先啦齊家，我睇佢唞唔倒氣呀……

27

齊家　　咁你咪亂嚟吓。(放手)

朝霞　　因住呀爹哋……

齊家　　好嘞，你嚟做乜嘢？

必達　　係私人事件呀麥生。(看餘人)一單需要小心處理嘅私人事件。

齊家　　你做乜响後門庶鬼鬼鼠鼠？

必達　　我唔肯定係唔係搵啱呢間屋囉。

齊家　　(怒)你咩嘢意思吓？搵啱呢間屋？黑麻麻你就喺度裝裝吓，嚇親我個女。你玩乜嘢吓？

必達　　(激動)咁佢大早咪俾個假地址我吖嘛！

齊家　　邊個俾假地址你？

必達　　你個女囉。(停頓)

齊家　　邊個話？晚霞？

必達　　佢叫做晚霞呀？係佢囉。

晚霞　　爹哋，佢「死」貖孖筋㗎……

齊家　　(指晚霞)你講緊佢呀？

必達　　即係佢仲俾埋個假名我噃。(取出小記事冊)「白如玉，月亮灣山莊十二A……」，直頭指咗我去南山另外嗰邊。

齊家　　(向晚霞)你真係咁同佢講？

晚霞　　咩啫？

齊家　　你有冇對呢個人話你個名叫做白如玉……？

晚霞　　冇。

必達　　梗係有啦，細路女，你咪又話我講大話噃吓 ——

晚霞　　收你把「死」狗口呀豬頭燦。

齊家	喂喂喂！
必達	你咪叫我做豬頭燦呀 ——
齊家	咪住！咪住！
必達	我唔會企度任人叫我做死狗口定豬頭燦㗎。
寶貝	阿女，到底乜嘢事啫？
齊家	嗱，全世界唔該出去廳度自便食飯先，好唔好？等我搞清楚呢單先。
寶貝	我想知晚霞俾人話佢做咗啲乜。
齊家	唔該吖寶貝，我一個人易做啲，唔使好耐啫。
寶貝	(最後焦灼望向晚霞)晚霞？
晚霞	冇嘢呀。
寶貝	(老大不願)好啦，行啦思來。
思來	有咩事叫我呀。

全人類靜靜走回遠廳去，寶貝殿後，思來關廚房門。

齊家	好嘞，到底講緊係單乜嘢事？
必達	係講緊一單店舖盜竊呀麥生。你哋香港電視話齋：「店舖盜竊，代價沉重，前途盡送」呢。
齊家	(不信)盜竊？吓？晚霞？
必達	我都好遺憾，係呀。
齊家	你係唔係公安先？
必達	唔係唔係，私家保安公司啫。(示卡片)熟而巧保安服務社 —— 何必達。

齊家　　你懷疑我個女高買呀？

必達　　你個女係喺店內進行店舖偷竊行為之中俾我當場捉到㗎。

齊家　　(向晚霞)係咪真㗎？

晚霞　　冇。

齊家　　真係冇？你人格擔保？

晚霞　　我咪同你講咗囉，呢條友黐孖筋㗎。

齊家　　(滿意)得嘞晚霞，你唔使再講，知女莫若父，我睇得出你幾時係講大話嘅。你否認呢項指控，晚霞，我信你。(帶尊嚴地)何生，你仲有咩講呀？

必達　　我有乜修呢，第一，有一餅由保安攝錄機錄低你個女撳咗啲貨收埋响身上咁行為嘅錄像帶；第二，有一位親眼見到佢咁做嘅目擊證人；第三，喺事後，佢俾咗假名假地址我之後，仲暴力攻擊我位同事阿董太，然後，喺另外兩位獨立證人睇住之下，扰低啲贓物走咗。我就係有收起呢幾樣證據囉，麥生。

齊家　　(略停頓之後)係講緊啲乜嘢貨呢？

必達　　一支家庭裝「喎可可」藥性洗頭水，同埋一支「哈撈bitchy」防水眼線筆。總值二十八個七人民幣。

齊家　　(不信)二十八個七人民幣？

必達　　正確。

齊家　　你為咗二十八個七人民幣嚟迫害我個女？

必達　　我認為「迫害」係好誇張嘅用詞喇，麥生。

齊家　　你搭車出到嚟蛇口呢區都要使你成廿蚊啦……

必達　　呢樣都唔啦更嘅……

齊家　　二十八個七？

必達	你想有個譜模呢麥生，你大可以將個銀碼乘以幾千宗類似嘅個案，咁你就知間超市預計一年要損失幾多錢嘞。至於係涉及價值數千銀嘅攝影器材，抑或係掃把地拖頭，係無關宏旨嘅。係咪？偷竊就係偷竊，正正係偷竊呀，麥生。

停頓。齊家在思量。

齊家	(轉向晚霞)咁你又有冇說話講呢？(晚霞聳肩)係咪事實？好明顯係啦，佢話有影倒你嘅菲林吖嘛。
必達	唔係，係錄像帶。
齊家	你仲攞咗啲乜嘢喺有冇？
晚霞	冇。
齊家	(發怒)一支洗頭水？個死人浴室浸死人咁多啦，仲有乜話？眼線筆係嗎？晚霞……
晚霞	(趨廚房門)頂你唔順……
齊家	返埋嚟，我同你講緊嘢——
晚霞	我睬你都傻——(開門)
齊家	(太遲阻不住她)晚霞！
晚霞	唔好信我囉，話知你「死」……(晚霞奔上樓上，齊家追出去玄關)
齊家	(怒吼)晚霞！麥晚霞，你返落嚟。

寶貝自廳衝出，晚霞衝入浴室鎖上門，齊家在梯腳止步。

寶貝	齊家？
齊家	(自制)冇事，唔使慌。
寶貝	晚霞呢？

齊家　　我鬼知咩，入咗廁所洗頭啩。

寶貝　　嗰個乜人嚟㗎？

齊家　　晚霞俾人捉倒喺超市撻嘢——

寶貝　　死囉……

齊家　　唔使驚，我會搞掂佢。

寶貝　　佢冇需要咁做啫，吓？冇需要啫。

齊家　　你整走班人得嗎？老婆。我諗呢個party要散檔嘞……

寶貝　　(震驚)佢冇需要啫，冇咁嘅需要……

齊家　　(柔聲)寶貝……

寶貝　　哦，好啦。

齊家　　我會——同呢條友斟……同佢講道理。

寶貝　　係囉，你同佢講啦齊家，話佢知阿女冇可能咁做嘅。我整走佢哋。(回向廳)話佢知阿女佢冇咁嘅需要啫。

寶貝重進廳，朝霞與夏蕾剛走出來，忍不住好奇心，齊家進廚房，必達正審視廚櫃上的石雕，齊家再關上廚房門。

齊家　　唔好意思阻你嘥。

必達　　呢個石雕一流嘅。我夠膽博埋條保險線輸賭係邊間廠造嘅，最後答案：壽珊石雕。啱唔啱？

齊家　　係啱嘅。

必達　　幫襯岳丈大人最穩陣可？俾人眼倒你整套「朝鮮紫水晶」冇得交代嘛，可？(笑)

齊家　　係，好啦，哼——

必達　　順便一句：恭喜你！

齊家　　乜傢伙？

必達　　你新紮職吖嘛，壽珊石雕嘅新任行政總裁兼廠長㗎。值得恭喜。

以下，寶貝在靜默中送走賓客：夏蕾、德民兩夫婦和國富。她剛出了大門站着與他們交談着。思來坐廳中繼續看書，朝霞上樓，試開浴室門一會，然後沿走廊走去探視子女。晚霞可憐地坐在浴室中，如今獨自一人可以哭出來了。

齊家　　你點會知喋？

必達　　呀，幾時都要保護消息來源，當我偷都咁話，呢條係私家偵探第一誡條。

齊家　　咁你要告我個女咯㗎？

必達　　我睇唔倒有乜第個選擇啫，我唔可以就咁放咗佢，因為我已經起訴緊成打類似個案。

齊家　　嗱，咁……晚霞俾咗個假名你吖嘛，人所共知你係追查緊個「白魚骨」……

必達　　係白如玉……

齊家　　邊個敢話你實揾得倒佢啫？

必達　　哦，咁又係。

齊家　　所以呢，係決定喺你手上啫？

必達　　係咁。

齊家　　咁你點睇呢？

稍停頓。二人對望。

必達　　我好慶幸你有企圖向我施壓呀麥生……

齊家　　你係話賄賂你？

必達	你有咁做令我喜出望外。
齊家	我哋香港人唔做啲咁嘅嘢。香港出晒名好彩有廉記「宿娼貪廉」吖嘛。
必達	好極。(停頓)最好不過啦。(停頓)咁呢,我諗,或者我可以對你令千金嘅一時糊塗 —— 隻眼開隻眼閉嘅……既係咁呢,我仲有乜嘢可以講呢阿 —— ?
齊家	何生。好對唔住,唔可以請你飲返杯,我今晚的確有人客……
必達	我完全理解。
齊家	今次我哋行前門哩好嗎?
必達	好,咁會方便啲嘅。

齊家正要開廚房門,寶貝送完客關上大門回到客廳。

必達	麥生,講到第二件事呢……
齊家	點呢?
必達	我聽聞,又係我嘅消息來源話嘅呢,聽聞貴公司 —— 即是令岳丈間公司……會有一兩單麻煩事嚕……
齊家	係咩?你都聽倒幾多嘢個嚕,係乜嘢麻煩事呢?
必達	我覺得我唔着詳細講 ——
齊家	咁呀?咁係咁先囉可?
必達	我留返你老外講詳情你知啦……
齊家	坦白講出嚟啦何生,你好似揾條褲笠住個頭嚟講嘢唔清唔楚咁嘅,不如除褲放屁啦!
必達	我認為你應該聽你外父講先,麥生,你做咗佢嘅新任行政總裁,佢就會旨意你安排做某些調查。咁到咗選擇聘任調查員呢,好明顯個決定權喺你度,正如……另外呢件案就決定喺我度 ——(見到

齊家眼光凌厲）嗱咁唔係賄賂嘛，麥生，冇任何黑錢過手，係正正當當嘅生意競投，完全兩回事嚟嘅，做到你個位嘅人應該明白個分別嘅肯定啦。（向齊家微笑）我好肯定你明白，冇錯。（稍停頓）好濕滯㗎呢啲高買案件，有時唔怪責得啲細路嘅，好難抗拒啲引誘吖嘛。弊在呢啲行為通常係開始咋嘛，話咁快佢哋就轉到打劫老人家嚹嘛。（興奮enjoy地）你估我會贊成用乜嘢方法呢？體罰，打pat pat，你聽我勸啦麥生，試一試，佢年齡未大到唔打得啫，越大個囉……

齊家 （靜靜地）早啲啦，何生。（開廚房門）我諗喺我未打你pat pat之前好走嘞，OK？

必達緊張地退出門，以下，寶貝及思來經不同門自廳中出來。朝霞急走到梯頂下半層樓探視。晚霞在浴室門聽住。

必達 （快走過玄關）小心呀麥生，因住嚟。好啦好啦，忘記我講過嘅嘢，一個字都咪記住，咁我唔客氣嘞，麥生。算數，當我冇開過口……

齊家 （平靜地）隨便你……任你點做都好啦。

寶貝 （驚恐）齊家……？

必達 呢個世界冇免費午餐㗎麥生，你記住，我實去人民法院依法起訴你個女啫，我要睇住佢洗淨個……

齊家 （大吼）躝出我門口！

必達退出大門，齊家大力關門，站着試圖冷靜下來，寶貝急趨他。

寶貝 齊家？你冇事吖嘛？

朝霞，去試吓唌阿妹返落嚟啦，佢聽你話㗎。（以下，朝霞上樓到浴室門口為止）（向齊家）你成個人震晒。思來，幫佢斟杯嘢。

思來	外父，你飲咩呀？
齊家	威士忌加水，要好多水。
寶貝	嚟啦，坐低唞陣先。

她殷勤地領齊家往近廳，思來往斟酒。

朝霞	(輕叩浴室門)晚霞……係我咋，家姐呀妹豬？佢走咗喇，冇事喇，爹哋踢走咗佢嘞。
寶貝	睇嚟你哋講唔埋欄可？
齊家	好難同佢講得埋欄。
朝霞	晚霞……唔該俾我入嚟啦……
寶貝	哦，我信得過你盡晒人事嘅，總之我哋點都支持阿女佢，係咪？全家人，成個家族，佢要承擔後果。不過我哋陪佢一齊分擔。
齊家	(感動)你真係好人呀寶貝。

以下，晚霞開浴室門，朝霞溫柔地拉住她手臂，柔聲跟她説着話，帶她下樓。思來拿了飲品給齊家。

齊家	(接過)唔該思來。

一會之後，思來坐下繼續看那本書。

寶貝	我哋大家要傾清楚佢。朝霞去咗叫晚霞落嚟，佢幾時都聽朝霞講嘅。
齊家	佢幾時都唔聽我講，喺香港讀書嗰陣已經唔聽，上到嚟深圳讀書更加唔聽我講……
寶貝	邊係呢，佢好崇拜你㗎。

齊家　呢排佢直頭唔同我講嘢，幾難得聽倒佢同我講半句。

寶貝　或者佢有啲驚你呢……

齊家　驚我？佢有乜好驚我啫？

寶貝　哦，有時好難滿足倒你呢齊家。你對自己要求咁高，對人哋又一樣，我明白，之不過——

齊家　(詫異)你講乜嘢？

寶貝　(已經說夠了)冇嘢。

齊家　我都唔明你講乜。

寶貝　你睇緊乜呀思來？

思來　係晚霞部書。好曳曳(上平聲)嘅。

寶貝　(聳肩)係呀……

思來　價錢都曳曳啫。四百五十蚊，大拿拿四百五十蚊買本書，我係話阿晚霞去邊度搵倒四百五十蚊嚟買書呢，我都好想知……(靜默)呀。

齊家　你倒立一陣啦思來，聽話啦，用個頭嚟企，等你個腦唔使承受咁大壓力吖。

朝霞　(到了廳門口)佢落咗嚟嘞。

寶貝　(向晚霞)冇事吖嘛，晚霞？過嚟坐低啦，你有冇事啫乖女？

晚霞　冇事。

齊家　哈佬，晚霞。

晚霞　哈佬。

寶貝　我哋就至講緊呀，晚霞，無論結果係點呢女，我哋都同你共同進退。我哋係一家人吖嘛。

晚霞　你哋全體同我一齊去坐監可？

37

寶貝　　你唔使坐監，可，齊家？晚霞唔使坐監㗎？

齊家　　梗係唔使啦。

寶貝　　你爹哋盡晒力去講服嗰個人，不過——

晚霞　　係，我聽倒。

齊家　　為乜呢晚霞？呢樣我唔明，為咗三十蚊都唔夠嘅貨。

寶貝　　係咁咋？你為乜事咁做吖？

晚霞　　我唔知。

齊家　　(更尖銳地)你實知㗎……

寶貝　　咪咁大聲啦齊家。

齊家　　唔得，我要知。點解？

晚霞　　手痕囉，有啲嘢做吓囉。過吓日辰囉。

齊家　　手痕？過日辰？

晚霞　　係囉。

齊家　　我俾你吹漲。

晚霞　　人人都咁做㗎啦，你吹漲得幾多次噃？

齊家　　人人都做乜話？你大聲啲啦女，我聽唔真呀。

晚霞　　(揚聲)人人都撻嘢㗎啦。

齊家　　哦，係咩？明解。就係咁原因，我哋人人都偷嘢，朝霞偷嘢，你媽咪又偷嘢，可？你係話我都偷嘢？

晚霞　　冇，你冇。

齊家　　我梗係冇啦，朝霞都冇，媽咪都冇。你一個咋晚霞，呢間屋得你一個偷嘢㗎咋我睇怕。

晚霞　　媽咪有。

齊家	乜話？
晚霞	偷嘢囉。
寶貝	我冇。
晚霞	你有。
寶貝	幾時㩒？
晚霞	喺你返工嗰度囉。你喺寫字樓撻嘢，周時拎好多嘢返嚟嘅。
寶貝	唔係呀嗎晚霞？咁點同啫。（無人回應）咁係唔同吖，我係話，我淨係拎吓啲鉛筆呀、紙呀……萬字夾……（稍停頓）咁係完全唔同咯係咪？
齊家	（向朝霞）你有冇偷嘢？
朝霞	冇，我實係冇啦，冇。（停頓）都唔算係偷，（望着晚霞）都冇以前咁狼。
齊家	哦，你以前有？
朝霞	冇——只不過間中一兩樣……林審嘢之嘛。一樽花生醬、一罐豆豉鯪魚咁之嘛。碎料啫，少咗佢哋都唔覺啦，淨係思來同我初初開始嗰陣，我哋手緊啫。
齊家	你哋從來冇手緊過。
朝霞	梗係有啦，你唔知啫……
齊家	我知㗎，因為我安排妥當晒等你哋唔使捱世界嘅……
朝霞	你以為啫……
齊家	你一話我知你有咗基基，我出晒錢俾你哋結婚，搵外父俾份工阿思來上嚟深圳做，响呢度搵層樓俾你哋住。我仲俾嗌錢你哋㗎，本來係出唔起嘅——
寶貝	直頭係啦。

齊家	所以你唔好賴手緊。呢度物價仲咁低㗎。
朝霞	仲係唔夠使囉。
齊家	咁你就淪落到偷嘢咯喎？你窮到要……
朝霞	係，我哋係窮。(稍停頓)而且我唔忿氣俾錢買。
齊家	係呀？呢筆又兩回事咯喎可？
寶貝	好喇好喇……
朝霞	我唔忿氣呢啲超人富豪嘅大超市謀取暴利，一味壟斷晒我哋啲日常必需品，我哋想唔買唔得喎啲……
齊家	吹到我漲，咁大家一齊唱《我們是共產主義接班人》啦好唔好？
朝霞	嘩，你咪當講笑呀 —— 思來，你幫吓我口啦好嗎？
思來	人人都撻吓嘢㗎啦，唔係咩？
齊家	你哋班人黐咗邊條線呀？一味坐响度諗啲藉口出嚟為不問自取嚟辯護。你哋做嘅嘢就係「偷」呢樣嘢。也係得我一支公認為咁係錯嘅？唔係淨得我啩？也只係剩返我一個係仲有啲道德觀念嘅咋？唔係啩！世風日下！人心不古！
寶貝	齊家呀，我哋講咗第樣嘢咯。
齊家	好，隊冧咗一誡可？仲有九誡，下一條！「不可殺人」，呢條又點睇？隊冧埋佢好唔好？
朝霞	爹哋……
齊家	有冇人反對殺人？冇，OK，好，通過咗。
寶貝	齊家，咪咁勞氣啦。正話佢對住嗰個人又係咁，又大聲喝佢又喊打喊殺。如果你保持冷靜一啲，人哋本應肯合作嘅嘅……
齊家	你知唔知正話嗰條友仔想點呀？我話你知，佢想勒索我呀。
朝霞	勒索？

齊家　係囉。「你請我做嘢，我就唔起訴」，你話幾離譜吖？你話嘅，如果我去告發佢，就係佢坐監，唔係晚霞。

寶貝　咪住先，佢話如果你俾份工佢打，佢就放阿晚霞一馬？

齊家　離晒大譜可？

寶貝　咁你點答佢？

齊家　你聽倒我點講嘞。（靜默）有乜唔妥？

寶貝　你情願晚霞上法庭前途盡送，都唔肯答應佢嘅要求……？

齊家　你咁係歪曲事實……

朝霞　冇歪曲到。

齊家　你明唔明啫？如果我向佢屈服……

寶貝　晚霞就唔使俾人告。

齊家　你唔可以向一個咁樣嘅人屈服嘞。

寶貝　點解唔可以？

齊家　因為，第一，呢個係無底深潭嚟㗎。無論如何，我唔要佢打我工，我直程唔想同佢喺埋同一屋簷下。

朝霞　爹哋，我哋係講緊晚霞嘅前途呀——

齊家　我話之晚霞佢「死」啦，呢個係大原則嘅問題吖嘛。（稍頓，欲退一步）我唔係話由得晚霞佢……

晚霞轉身再奔上樓，今次她奔進一個遠房間，照理是她自己的睡房，砰然關門。

朝霞　（追住晚霞，邊走邊説）好吖，估唔到，真係估唔到，我自己個老豆，你橫掂都係咯，不如親手攞手銬塔住佢啦，大義滅親啦。（朝霞上樓追晚霞，站在梯頂平台最尾，隔住房門低聲與妹妹傾談如前。一兩分鐘後晚霞開房門納她進房）

寶貝不能置信地瞪住他，思來更埋頭看書。

齊家　　我都唔明我哋大家咁勞氣為乜。

寶貝收拾起幾隻杯趨廚房去。

寶貝　　（邊走邊説）我估唔到你會咁嘅。

齊家　　（跟隨）乜嘢啫？

寶貝　　你有個機會救佢，而你拒絕咗。

寶貝進廚房，放杯子在隔水板上，再趨廳。

齊家　　（一邊跟着她説着）亂講，我所做嘅，係拒絕俾人勒索，同埋堅持要個女面對自己所作所為嘅後果。佢知道自己做緊乜略——

寶貝　　不過我話你知，有啲時候連我都絕對可以變做大賊，一啲都唔難㗎，好大引誘㗎，有時我真係好想……

齊家　　亂講。

寶貝放盤子在桌上，把杯移到鋅盆，以下在洗杯，齊家慣性反應地接過每隻洗淨的杯抹乾放在盤子上。

寶貝　　（遞抹布）齊家，你係我見過嘅人之中，最好人、最老實、最正直、擔乜都唔偷食。我就係鍾意你咁，一向都係。我好欣賞你，講真嗰句，我都盡量跟隨你個榜樣。不過，依家等我話你知，有陣時真係唔容易㗎。

齊家　　吓？同我有陣時唔容易？

寶貝　　唔係，係收支平衡冇赤字唔易呀……

齊家　　我哋生活唔差吖……

寶貝　　因為我嘅財政預算算死草，一個仙都算到盡嚟當家囉……

齊家　　我哋搞得掂吖……兩份人工。

寶貝　　齊家，你唔使買餸，咪唔知米貴囉。你上一次出街買嘢係幾時吖？我係話買正經嘢，唔係hi-fi嗰啲唔等使嘅……

齊家　　你講到我哋好似要輪米咁。我哋兩公婆一齊搵錢嘅，唔係咩？

寶貝　　你以為我鍾意返工呀？

齊家　　我估你係囉 ——

寶貝　　人哋個個都出些少古惑，呢個世界基本設計到係咁嘅。基本法都有法律罅容許咁嘅。全人類 —— 係除咗我哋之外嘅全人類 —— 人哋個個都犯些少規，加你稅嗰個都識避稅先；淨係呢度少嗰度少少打茅波；呢樣報少啲數；嗰樣講少啲大話。唔係刑事詐騙嘅齊家，只係間中有啲小意思唔清唔楚混過啫……

完成洗抹，寶貝取起成盤洗淨的杯往近廳。

齊家　　（如前跟隨）亂講，你講到所有人都……

寶貝　　（進近廳）所有人都有咁做。

思來　　事實係吖。

寶貝　　你收聲啦！

以下，思來心靈受損，取起書退入飯廳。

寶貝開始帶怒打掃近廳。

寶貝　　如果唔係，你以為夏蕾佢點可以一句神經衰弱就一年放三次大假？國富點可以揸架咁正嘅波子？佢阿荔緹每套衫着一次唔使返轉頭？吭，有幾套佢啲衫，俾我為咗佢殺人都制呀 ——

齊家	嗱，你咪話你細佬德民掂過我哋，佢哋唔算有錢吖，佢同夏蕾呢 pair。
寶貝	係皆因德民將啲錢收埋晒啫。
齊家	亂講，我唔信。
寶貝	就連佢呀——(指出了去的思來)——連嗰隻咁嘅——低B嘢——佢都掂過我哋……睇吓我，嫁咗俾個事業好成功嘅男人，生活水準就好似宣佈破產嘅咁，好唔公平呀。我真係唔明呀，點解你可以老實到咁離譜。

寶貝哭起來，衝出廳，奔上樓，邊走邊哭。齊家迷惘追住。

齊家	我明嘞，咁，如果晚霞犯咗規，然後我又犯吓規，負負得正就變咗正當嘞，係咪咁？
寶貝	呢個世界就係咁樣㗎啦。

齊家趨大門。

寶貝	齊家……齊家？你去邊呀？(齊家到了大門口)
齊家	我去太子路間吧，我估到我飲大咗，我就乜都睇得清楚好多好多。(出外，關門，朝霞從晚霞房出來走到梯頂)

燈光轉變顯示轉地點(雖然佈景不變)，是下午近黃昏。大門鈴響，稍後，懿芳從飯廳上，明顯正做着家務，開門迎入齊家，他披着卡曲外衣。

懿芳	哈佬齊家，老伯等緊你。
齊家	對唔住咁晏，今個晏晝好忙，樣樣都等住要搞掂。
懿芳	第一日全日返新工你想點嘛？(指圍裙之類裝扮)失禮晒，我剛啱……

齊家　你照顧咗佢咁耐都唔厭可，係你阿妹個家公嚟啫。

懿芳　我估係習慣驅使啩，喺寫字樓做佢秘書，服侍咗佢三十年，好難丟低嘅。

齊家　不過你都唔使幫佢掃埋屋吖，佢請得起工人做呢啲嘢啫？

懿芳　有，個鐘點朝朝都嚟咁滯，冇問題嘅，我淨係執吓頭頭尾尾啫，有啲嘢由奶奶過身之後就未郁過。佢啲衫仲喺主人房；佢架輪椅擺正廳中間；仲有副砌圖喺飯枱面，係佢起病嗰日砌開嘅，四年來一味圍住砌圖周圍嚟掃塵——

齊家　呀，真係傷心可？外母未砌完個可？

懿芳　你外父响樓上啩我估，你上去呀？

齊家　(趯樓梯時說)懿芳，你幾時想出返嚟做嘢呢……我幾時都用得着個好秘書㗎，我依家接咗上手呢個我唔多合心水……

懿芳　阿山東妹OK啦。

齊家　佢高得滯，要岳高頭望佢，嚇親我。(望向樓上)佢今日點呀？

懿芳　幾好吖。

齊家　時好時壞可佢啲痴呆症？尋晚就睇落好弊咯。

懿芳　因為太多人啫，一多人佢就亂囉。

齊家　(開始上樓)咁睇吓佢揾我乜事先啦。

飯廳－老爺鐘敲響五時半。

懿芳　齊家。

齊家　(旋頭)點？

懿芳　你唔會——太過低估咗佢可？佢仲係醒過大多數人㗎。

齊家　你同我定，我從來冇低估我外父。

壽崑自遠睡房出來，沿走廊往梯頂。

壽崑　　邊個嚟咗？係咪德民呀？

齊家　　係我呀老外，齊家呀。

壽崑　　係囉，梗係齊家啦，佢開門俾你個可？(向梯間模糊地嚷)你開門俾佢可懿芳？

懿芳　　(回飯廳時回嚷)係呀老細。

壽崑　　好。(機密地打眼色)我唔吩咐佢佢唔放人入嚟㗎。

齊家　　真嘅？(四顧)咁你想我哋响邊度傾 —— ？

壽崑　　入呢處。

齊家　　吓？

壽崑　　嘛！入去，咪出聲。

壽崑開浴室門，推齊家進去，關門下栓。再伸手浴簾後，扭開花灑，沖廁所，及扭開洗手盆水龍頭。

壽崑　　(拾起一浴室擺設)嘩，睇吓呢個天鵝展翅先，睇倒嗎？

齊家　　我哋嘅產品吖嘛，係咪？

壽崑　　壽珊石雕B級改良系列，啱唔啱？

齊家　　啱。

壽崑　　你錯喇。(反轉雕像底示商標與齊家)

齊家　　(讀出)「飛鷹石雕藝術·台灣製造」台灣？

壽崑　　連浸釉都抄足呀齊家。

齊家　　你好肯定？

壽崑　　我送咗去化驗過㗎，俾人偷晒橋，連啲膠水都係。

齊家　　咁佢哋呢嚀嘢零售價賣幾銀呢？

壽崑　　大約貴我哋出嗰隻兩成。

齊家　　貴過？咁我哋使乜驚？

壽崑　　因為班契弟就嚟霸晒個市場趕絕我哋。

齊家　　點解會咁？

壽崑　　你睇吓個招牌吖齊家，睇吓個招牌：「台灣製造」，係私人搞小三通呀，將我哋嘅家傳手藝，香港名牌，深圳設廠嘅正牌貨變咗台商入口大陸嘅台貨。人哋情願買貴兩嗰水就係為咗咁，你知我哋啲大陸同胞點㗎啦。响個招牌整兩個繁體字，佢班友仔就當埋兩粒波子都要幫襯佢。寶島名家精心設計石雕工藝品。想當年，香港地買石雕，淨係認住一個招牌嘅啫：壽珊石雕，咁就買㗎嘞，唔使問。而家就梗係未回歸嗰個矜貴啲啦！

齊家　　呢個災情有幾嚴重呀？

壽崑　　條條生產線都俾人翻版晒呀齊家，連新產品都係（指廁所）—— 唔該再沖一次 —— 我話你知吖齊家，佢哋差唔多同我哋同步出新產品。嗰隻新嘅精雕泰國四面佛呢，我哋都未吹乾啲金釉就已經俾人抄襲咗咯……我試過追蹤佢哋嗰頭條線，成個八卦陣咁㗎齊家，我好似隻貓咁追住嗰嗰冷，係咁碌係咁碌，直程碌咗入間瑞士銀行嘅無名氏神秘戶口咁就冇晒蹤跡咯。我哋要喺呢頭捉佢至得，咁至捉得倒，係內鬼做嘅，公司裡便有人出賣我哋，事實係。「工業間諜」囉講好聽啲，即係食碗面、反碗面……食碗反……底……面……你明我講乜啦。

齊家　　明。

壽崑　　你要拉多個人上車，你信得過嘅人，要夠精明查得出嘅。我交俾你去揀蟀嘞。自從冰珊丟低咗我之後我就唔掂㗎，你知嘅啦。

47

齊家　　我會處理㗎嘞外父。

壽崑　　我間中會空白一片嘅，你知啦——

齊家　　知。

壽崑　　幾趣怪，忽然失憶咁。呢分鐘對住呢班人我識得嘅，下一分鐘就醒唔起有冇見過佢哋……你見倒佢哋望住你，明知佢哋諗緊：「喂，佢認唔認得我哋㗎？」而你自己就真係一嚿雲咁……不過，人哋話要到你照鏡都唔認得係乜水先至大劑啫。我下個禮拜七十五㗎喇你知嗎？

齊家　　我哋記得嘅外父。

壽崑　　咁我交低俾你喇嘛，得唔得？

齊家　　我即刻郁手。

壽崑　　咪出聲嘛。請個人返嚟查呢樣嘢，淨係你知我知好嘞。

齊家　　淨係你知我知？

壽崑　　淨係你知我知。

齊家　　唔俾懿芳知？

壽崑　　（模棱兩可地）哦，得，我都怕有話佢知。佢係我左右手吖嘛，醒目女，靠得住。有用過佢個妹多多聲啦總之。阿德民娶咗佢唔係娶佢妹就好咯。

齊家　　我聽聞德民同夏蕾兩公婆有啲問題嘛，係呀。

壽崑　　我由佢開始拍拖就警告過佢啦，呢啲以前嘅事我好記得嘅。我話，做乜都好，千祈唔好惹啲貧血，好麻煩㗎。

齊家　　（稍頓）好啦，咁我扯嘞。

壽崑　　好，好行嘞，使唔使臨走唔好嗮用啲嘅設備呀？識按摩啵。

齊家　　唔使嘞，唔該先。（壽崑開浴室門放他出去）

壽崑	你會揾倒人可？查呢單嘢可？
齊家	會 —— 我……我估我有啱使嘅人選咯。
壽崑	係好嘅至好嘛，要揾個好人嘛。
齊家	當然啦，拜拜。
壽崑	拜拜好女婿。

齊家滿懷心事地下樓。同時，飯廳老爺鐘敲六時，壽崑仍在浴室內，正欲出室時，瞥見鏡中影子，停步瞪視自己反影而呈不認得表情，齊家立玄關，找懿芳。

齊家	（低呼）懿芳？

懿芳從飯廳急步而帶內疚出來，佩着剛才沒有的美觀而貴價胸針。

懿芳	哦，你走嘑？
齊家	係。
懿芳	傾完嘑？
齊家	係。我估你知道晒……
懿芳	知。係我出主意叫佢請人返嚟查嘅。
齊家	哦，會㗎嘞。
懿芳	好，希望你查得出啦。
齊家	我睇得嘅，拜拜。（欲離，注意到胸針）好靚嘛，你心口……個心口針。
懿芳	哦，係。唔……唔係我嘅。你個銷魂死鬼外母阿冰珊嘅。我睇吓戴起係點樣嘅之嗎。襯唔襯我呀？

齊家　　襯晒啦。你好襯……

懿芳　　係啊可？拜拜。

齊家　　拜拜。（走出大門）

懿芳關上大門，慢步回飯廳，把玩着胸針。壽崑已離開浴室走進遠睡房去了。

再次轉地點，是兩日後晚間。雷雨聲，寶貝從後門衝入廚房，雙手抱住曬晾衣服，關後門喘順氣。她穿着頗時髦、最新款的衣服，與慣常穿穿的稍不同而非截然不同。同時，晚霞拾級下樓。她穿裙，看來老大不願地勉強自己。

寶貝　　（自語）我早知會漏咗冇收呢拃衫㗎啦……早知喇……（晚霞走進廚房）你呀？呢，你唔提我，我唔記得咗呢堆衫冇收囉，係咪呢？

晚霞　　我都唔明你做乜仲要晾啲衫出去，做乜唔裝返個乾衣機啫？呢一區人哋家家戶戶都有乾衣機。

寶貝　　（開始摺疊衣服）我唔會嘥錢買乾衣機嘅，有咁好清新空氣……

晚霞　　咁好清新雨水……

寶貝　　（打量晚霞）嗱，咁咪好好多囉，依家你幾好睇。

晚霞　　我覺得好「死」異相。

寶貝　　好靚。

晚霞　　至憎着裙嘅嘞。下低入風嘅。

寶貝　　嗱，你同爹哋講完聲多謝，咁你咪換返着乜都好囉。

晚霞　　着成咁就係為咗咁講一句。

寶貝　　晚霞，咪咁大唔透啦唔該你！

晚霞	Ugh！（她正要離開，齊家自雨中奔進後門）
寶貝	返到咯。
齊家	（關後門）吁，好大雨可老婆？
寶貝	（啄木鳥式一吻）老公，（助他脫上衣）你實係好劫咯。
齊家	劫劫地啦。
寶貝	你唔使個個星期六都返工咻？
齊家	希望唔使啦。
寶貝	（取上衣往玄關）我幫你掛起佢吖。
齊家	（注意到她的衣着）新衫嚟係嗎？
寶貝	（假裝驚奇）哦，係，今個晏畫買嘅，荔緹嚟揾我，我哋一齊去深房百貨行公司，佢幫我揀嘅。
齊家	哦。
寶貝	你覺得我着起會唔會太後生呢？
齊家	唔會，點會後生呢。
寶貝	（肯定已做錯了）一日都係荔緹囉，係咁慫恿我……（放棄）冇法啦，唔買都買咗咯。（指晚霞）睇吓邊個等緊同你樂聚天倫。

寶貝進玄關，掛上衣入衣櫥，再入遠廳以免妨礙。

齊家	哈佬，晚霞，你近日……新學校、新地方……OK吖嘛？
晚霞	我OK。
齊家	咁咪好囉。（停頓）
晚霞	（似是排練過地朗誦）多謝你出咁多力幫我免麻煩我唔會再犯同埋令屋企人冇面我好sorry囉。

齊家　　（稍愕然）係，好。我都好sorry我——咦……sorry囉，我唔知我有冇做過啲乜嘢不過如果有呢就sorry囉。

晚霞　　你冇做過乜嘢。

齊家　　好，OK啦，冇事啦，咁，我哋坐吓先哩？等呢位仁兄嚟先，我唔打算點歡迎佢嘅，我水都唔請佢飲杯，等佢知我好「忍」佢嚟咋。（走往玄關。晚霞跟隨他越玄關入廳，同時，門鈴響，寶貝馬上回進玄關）

寶貝　　係何生。你留多一陣吖晚霞，打個招呼啫。

晚霞　　好「死」難咯……（奔上樓上）

寶貝　　（盡人事地）晚霞……佢呢排好興講嗰個字嘅。

齊家　　今次我同意佢咁講嘢。（晚霞進睡房關門。門鈴續響）

寶貝　　嘩，齊家……（開大門迎入必達。一聲雷響）

必達　　麥太你好。

寶貝　　何生你請入嚟啦，我幫你掛……（助他脫雨衣）

必達　　唔該。麥生你好，天氣就唔算好。

寶貝　　唔好，差到極，入嚟廳坐吓。

必達　　唔該。（寶貝領他入廳，齊家掛起其外衣跟隨入）間屋認真美侖美奐噃。

寶貝　　多謝，隨便請坐。

必達　　多謝。（三人坐下，齊家仍保持敵意）我想講句我好高興見倒事情順利解決。

寶貝　　係，好順利可？（稍頓）

必達　　（望一望寶貝）你想我……？

齊家　　即管講啦何生，我冇嘢瞞住太太嘅，佢係團隊嘅一員。

必達 係好養眼嘅一團員嚟計我話「臀結實是力量」吖嘛。（色眼一瞥寶貝之臀）好，上星期四一接倒你電話落實我嘅任命調查呢宗個案，我就馬上開始調查行動。

寶貝 快手喎，我都唔知你開咗工。

必達 哦，未，未正式上班，我要下星期一至正式上班，最早都要咁至唔會似係——

齊家 一早內定嘅。

寶貝 我明嘞。

必達 我啲手指都痕晒等住揭開嗰啲檔案夾㗎，响入便就搵倒佢嘅麥生。我哋要查出嗰個人，就喺裡頭某處匿埋。佢可以掌握得倒所有嘅資料，喺正唔嗰時候，啱嘅部門，咁佢實周圍留低晒手指模㗎喇。

齊家 希望係啦。

必達 不過，呢個禮拜內，我可以做嘅，就係查吓條線索响另外嗰一頭……

齊家 飛鷹石雕藝術？

必達 冇錯。你知嗎，我估計如果喺呢一頭查唔出邊個係無間道呢，可能可以追查到另一頭而㩒倒佢。係間接啲，不過……

齊家 點呢？

必達 越查越近磅囉。飛鷹，係一間喺荷蘭註冊嘅PK公司嘅附屬公司。而PK公司本身呢，係由羅黎瑞國際企業所擁有，係喺西班牙嘅，不過可能部份屬於利比亞，而部份屬於巴西。至於羅黎瑞呢，都係分支嚟啫，母公司係喺台北市嗰左近做大本營嘅，個老細姓馬，到目前為止係追到咁遠。

齊家 （苦思）馬？

寶貝	我哋可以告佢㗎？肯定係佢咪得囉？
必達	哦，你可以試嘅。
齊家	(苦苦追憶)馬⋯⋯飛鷹⋯⋯
必達	不過以我嘅國際法經驗之談呢，可以試足你下半世。
寶貝	哦？你有國際法經驗咩？
必達	間接嘅啫。
寶貝	哦。
齊家	(醒悟)飛！鷹！
寶貝	齊家？
齊家	吓？
寶貝	冇乜唔妥吖嘛？
齊家	吓？冇，冇嘢。好，唔該晒嘞何生。

齊家抓住驚愕的必達手臂，開始推他往大門。寶貝不明地跟隨。

必達	(愕然)哦，好話⋯⋯
寶貝	齊家，你做乜⋯⋯
齊家	早啲嘞何生 —— 寶貝，佢件雨褸 —— 你幫咗好大個忙，多謝晒。星期一再傾。
必達	係，我唔⋯⋯我唔⋯⋯我唔⋯⋯我唔多明 ——
寶貝	(交雨衣給齊家)嘪。
齊家	拜拜，唔好意思趕你走呀何生，我等緊個電話。(把必達及雨衣推出大門)
必達	哦，好，早啲⋯⋯

寶貝　　　拜拜……（齊家砰然閉門，往衣櫥取自己上衣）齊家，你整乜鬼
　　　　　……？

齊家　　　我一定諗錯，上天保佑我諗錯咗，話我知我有諗錯……

寶貝　　　你去邊啫？（齊家已半越玄關入廚房）

齊家　　　我儘快返嚟……

寶貝　　　你唔話得我知去邊咩？

齊家　　　去見馬老大一位生意上嘅拍檔……（出後門，不關，寶貝隨至關
　　　　　門，一頭霧水）

寶貝　　　馬老大……？（醒悟）死咯，馬老大！（改變主意，追出去關後門）
　　　　　齊家，等陣先，你好肯定冇死錯人先至好。

後門關時，燈光轉變顯示轉地點，只亮了玄關及梯頂平台燈，屋中其他部
份在黑暗中。門鈴不住鳴。一會後，遠睡房門開，一個人形出現在平台，
跳着，試圖穿上很窄的牛仔褲。那是馬鷹狼。早些時見過那鷹象的幼弟，
與他非常相像。鷹狼二十五歲，年輕英俊，富家台灣青年，和大哥一樣不
大懂粵語。門鈴再響。鷹狼激動地喃喃自語。另一人影出現，全身赤裸，
只包住一張被，是荔緹。她空着的手拿着鷹狼的襯衣，他一手奪過。

鷹狼　　　（閩南話）天呀，早該去酒店。

荔緹　　　唔使驚㗎鷹狼，唔係我老公——

鷹狼　　　（閩南話）一早聽我說去酒店就好。現在你丈夫回到要打死我了。

荔緹　　　——冇可能，你唔使死。（普通話）國富有鑰匙嘛。（艱難地講閩南
　　　　　話）不是我丈夫。

門鈴又鳴，鷹狼大驚呼叫。

荔緹　　嘷，冇膽鬼，入去等，等我整走佢先……(普通語)裡面等着！
　　　　(開始下樓，鷹狼緊張地平台上跳着)

鷹狼　　(普通話)裡面等着……我還是去酒店好了。

門鈴再響。

荔緹　　等陣！(走到大門，鷹狼回進遠睡房，取鞋襪再出平台，一面聽
　　　　動靜一面穿上鞋襪。荔緹隔門説)邊個呀？

齊家　　麥齊家呀荔緹……

荔緹　　哦，大哥。乜咁錯蕩呀？

齊家　　俾我入嚟先講啦。

荔緹　　大伯爺呀，家陣唔多方便，唔喒你轉頭嚟過吖……

齊家　　荔緹，開門，唔係我撞門入嚟㗎。

荔緹　　(開門)呢，國富依家唔喺屋企呀大佬，佢——(齊家衝入，推她一
　　　　旁)喂，因住！(護胸)

齊家　　佢喺邊？我個好細佬佢喺邊？

荔緹　　都話佢唔喺屋企略。

齊家　　(先入廚，亮燈)國富！(見是空室，再往廳亮燈)國富！

荔緹　　要講幾多次佢唔喺度呀，去咗太子路蒲吧啦實係。咩嘢掟飛鏢大
　　　　賽喎。

齊家　　咁你call佢叫佢返嚟。

荔緹　　唔得哩，佢比緊賽吖嘛。

齊家　　定係我走去吧度當波踢佢返嚟吖……

荔緹　　佢做咗乜嘢事先？

齊家	Call佢啦。（荔緹撥電話）
荔緹	希望佢有開手機啦。
齊家	實有開啦，佢生意咁忙可？
荔緹	我都唔知佢乜嘢犯親你……喂，國富？我呀……你返嚟屋企得嗎？唔係呀，即刻呀……係急事呀sorry……喺電話好難解釋，係 ——
齊家	（搶去話筒）國富，我係大佬，即刻返嚟呀細佬。（收線）
荔緹	（稍好奇）我都未見過你咁嘅……好有大佬威風㗎，大哥。（咭笑）
齊家	仲有一大把你未見過，等到細佬返嚟先，我就會……（鷹狼穿好襪，穿了一隻鞋，另一隻大聲跌下地，他驚恐呆立）乜嘢聲？
荔緹	乜話？
齊家	佢喺度係咪呢？喺樓上。（衝往樓梯）佢冇去到酒吧，喺樓上……
荔緹	唔係呀，唔係佢……

齊家操上樓，鷹狼聽到，奔入近睡房，四顧，恐慌，毫無創意地躲入衣櫥，拉開櫥門，淹沒於窄小空間內爆溢出來的荔緹衣裙堆中。

鷹狼	呀！（艱辛地開路進櫥）
齊家	（上到梯頂）國富！我知你喺度嘅！
荔緹	（隨上）大佬呀，佢唔喺度哩，我發誓吖大哥！
鷹狼	（同時，閩南話）菩薩保佑我不要死在他手裡。

鷹狼關不上櫥門，只好躲在衣裙堆，喃喃唸經，齊家衝入睡房，見而止步。

齊家	裡頭邊個嚟㗎，都唔係國富！
荔緹	我話咗唔係㗎啦。
齊家	咁係邊個吖？

荔緹	係鷹狼。
齊家	嗰個台灣佬？嗰晚我見過嗰個？
荔緹	唔係，嗰個係馬鷹象，呢個係佢最細個細佬馬鷹狼。
齊家	咁總共有幾多個㗎？
荔緹	五個囉。
齊家	五個？
荔緹	馬鷹象、鷹獅、鷹虎、鷹豹同鷹狼。
齊家	成副鬥獸棋？好彩得五個啫，第六個咪馬鷹……狗？
荔緹	係囉。
齊家	咁你就逐個上咯嘛？
荔緹	關你乜事啫……
齊家	梗係關我事啦阿弟婦，我有一兩單緊急事要同班馬鷹野獸傾嘅……（趨櫥）喂，你呀！出嚟！（鷹狼恐慌慘叫）
荔緹	咪嚇親佢啦大哥齊，佢細路㗎之嗎，又冇做過乜嘢壞事，佢好乖仔，好神心……
齊家	係，我見倒，喺有夫之婦個衣櫃裡頭唸經嘅。荔緹，國富知唔知有呢啲事㗎？
荔緹	唔該可唔可以俾我着返衫先呀大哥？
齊家	個槽佬唔知哩？喺酒吧捵飛鏢，一嚿雲咁可？
荔緹	俾我着衫先啦大哥。
齊家	咁對國富有乜影響先？已經影響成點？你撫心自問吖荔緹，你嘅人格又點先？你老公分分鐘返到嚟，你收埋個十四歲嘅拜神童子軍喺你衣櫃度，而你就若無其事，嚇？你都冇廉恥嘅。
荔緹	（不耐）哼，等陣先大哥齊，我去放隻聖歌CD應吓景先。

齊家	我唔係聖人，啲人鍾意睇三級四仔定係睇版版都係大波相嘅報紙周刊啲咁嘅悶蛋嘢，我冇反對，我唔干涉。之不過荔緹呀，都有個人性尊嚴起碼嘅尺度㗎係嗎？低過佢我哋就沉淪慾海㗎嘞。例如唔會喺你自己結婚張大床同啲呃咗你自己家族幾百萬嘅人打友誼波咁呢？咁上下嘅尺度呢？
荔緹	(鎮靜)哦，明解，原來係講呢筆。Sorry呀大哥，我收得好遲鈍，心不在焉囉。

國富自大門入，關門。

國富	(大嚷)哈佬？
荔緹	(回應)我哋喺樓上。
國富	(拾級登樓)真係緊要事至好吓，今晚大賽㗎㗎……準決賽，我哋砌低班公安呢，就入決賽對武警㗎嘞……哦，大佬。
齊家	細佬。
國富	有乜唔妥？(望荔緹，並無任何驚奇)你喺度做緊乜啫？
荔緹	大哥就至講緊話有人呃咗我哋家族幾百萬喎國富。你知唔知呢件事呀？
國富	冇咁靈通，未聽過，你到底講緊乜嘢事啫大佬？
齊家	係講緊石雕呀國富，講緊壽珊石雕啲設計俾人偷晒去第度翻版，私人小三通呀，講緊轉個台灣名牌嚟賣，最大件事係講緊我自己親細佬就係成單嘢嘅幕後主謀。
國富	邊個話？我？
齊家	你唔認？
國富	大佬，你都知我唔會咁做㗎啦，我唔會咁起你外父尾注，你知我㗎……
齊家	你講大話，國富，你一出世我就識你咁耐，細佬，唔好點我。

（齊家進，國富退）

國富　嗱，慢慢講……

荔緹　大哥，唔好抦佢……

齊家　（大聲）講真話，衰仔，真話呀。（他一拳打在衣櫥上，櫥內鷹狼恐懼一叫，二人停下）

國富　邊個嚟㗎？係咪鷹狼呀？

荔緹　係。

齊家　（愕然）你知道佢㗎？

國富　佢喺裡頭做乜？試衫呀？

荔緹　佢匿埋避你囉，佢驚你會殺佢。

國富　我？

荔緹　冇事嘅，佢睇得老翻西片多啫。

國富　條傻小狼吖，大佬，我哋落樓下傾啦，唔係佢就焗死㗎。實斟得掂嘅，落去啦，我有支靚嘢嚿喺下便——紅酒呀。（向荔緹）你都一齊傾吖嘛？

荔緹　我轉頭落嚟，等埋我先傾。（國富領齊家下樓進廳，荔緹回客房）

國富　（邊走邊說）大佬，等我解釋清楚你就明嘞。冇你想像咁差，信我啦。

齊家　（仍想着另一件）你一路知道阿荔緹？同嗰條靚仔？

國富　係，我知。

齊家　你冇所謂？

國富　呢啲基本法規定嘅個人自由嚟㗎大佬。佢做佢鍾意嘅嘢，我做我嘅。

齊家　咁你對現狀好滿意？

國富　你都知啦大佬，我個人一向有乜大志嘅，點敢要求對現狀滿意吖？（荔緹出房，披上浴袍，在以下下樓）

齊家　咁你唔再愛佢㗎嘑？

國富　大佬，你臨走响前門個車位睇睇，係架黑色波子944S跑車，最新款，粵港車牌兩個都靚冧把。我好愛佢。嗱，嗰便個廳，我有套三皮嘢嘅環迴立體聲，有成櫃嘅唱碟影碟，我心愛嘅CD、VCD、DVD。喺南澳，我有隻細遊艇，為咗佢攞我條命我都肯。我仲愛上咗我個新型LCD數碼手錶型電腦㖭。荔緹？荔緹等如自助餐甜品，食唔食得晒咁多味呀？我就食唔晒嘅。我需要快感同愛情咩，我可以去揸跑車、揸遊艇、聽貝多芬第九交響曲聽到爆喇叭，或者真係要搵啲嘢嚟做吓就用電腦計吓布宜諾斯艾利斯嘅準確時間。女人？食少味啦，老實講我就鍾意去太子路啲吧度掟飛鏢多啲嘞。

齊家　好，呢樣就我唔加意見。不過我就話你肯定周身蟻嘞國富。（荔緹進廳時他停了口。她現在態度較爽快而少了風騷）

荔緹　咁到底係乜事啫？

國富　嗱，斟幾杯紅酒吖老婆，我試吓向齊家解釋吖。

荔緹　唔好，你去斟酒，我嚟解釋。（國富猶豫）去啦。

國富　都好。（往遠廳）

荔緹　你想知啲乜呢？

齊家　你唔否認你哋同呢個馬氏家族有生意交易？

荔緹　係吖，我哋唔否認。

齊家　係幫佢哋抄到十足我哋啲石雕，嚟大量生產同用佢哋嘅牌子傾銷？

荔緹　唔係噃。我哋賣嘅全部石雕貨，應該話我哋轉賣俾馬家然後佢哋再轉賣嘅，全部都係由你間廠直接出貨嘅，用你嘅貨車，由你啲車夫師傅揸車送貨嘅。

齊家　　等陣先，你話你哋係將我哋廠啲石雕轉賣啫……

荔緹　　係囉，我哋係合法咁買入，然後轉賣，咁有乜唔妥呀？

齊家　　用第個牌子嚟賣出去？

荔緹　　唔係。

齊家　　明明係咯仲唔認。

荔緹　　啲貨物出門嗰陣，上面係根本冇牌子嘅。

齊家　　但係由我哋廠運到去你度嗰陣係有嘅。

荔緹　　唔係，係冇嘅。

齊家　　你點Q解會由我哋廠買倒啲冇標牌子名嘅貨㗎？

荔緹　　我唔知。你應份問返你哋廠啦啱唔啱先？我哋冇做任何犯法事
　　　　噃。

國富用盤盛一瓶紅酒三隻杯復回。

齊家　　總之有人走後門賣出我哋啲石雕，實係平到至抵精明眼咁嘅價錢
　　　　啦？

荔緹　　我唔知。

齊家　　咁邊個再換過第個牌子上去？

荔緹　　我唔知。

齊家　　怕係班馬鷹乜啦？

荔緹　　我唔知。

齊家　　（不耐煩）嗱你好……

國富　　（看好戲看得過癮）大佬，我哋淨係知道——

荔緹　　（打斷他）我哋乜都唔知呀國富，乜都唔知。（靜默）飲杯！

齊家　　（不飲）好，我哋搞清楚一單還一單。依家係正話開始咋，我會一路追查到底，我要將成間廠反轉直至到查出係邊個將啲貨賤賣出去，查出呢單先，然之後去搞掂班色狼兄弟。明未？全地球有一個衣櫃夠俾佢哋匿埋，如果我發覺你兩個都喺我射程之內呢，哈哈咁我就叫你哋揾神仙打救啦。

國富　　（緊張）你唔會難為我哋喎大佬？

荔緹　　佢直程會啦。

齊家　　唔淨止要應付我，由下星期一起，我哋家人中間多咗隻周圍咁嚟嘅獵狗，狷入老鼠竇啦，將啲二五仔反骨仔無間道一個二個刮晒出嚟。我警告定你先，你鬥唔贏呢個卑鄙小人㗎。

荔緹　　係何生可？

齊家　　（大驚）你點知㗎？

荔緹　　我同你太太一齊行深房百貨吖嘛大哥，我哋係friend吖嘛。我幫大嫂佢揀衫，「大早最好莫如兩嬸母」……

齊家　　（氣結）好佢老祖。

荔緹　　佢仲講埋你點搭上佢──你個何生，聽落有啲唔見得光嘅大伯爺，完全唔似你高尚情操嘅為人嘛。即係話如果俾人知道咗啲人都晴天霹靂……

齊家　　吁，吁，你咪出呢招，吁吁吁，咪以為可以出呢招，對我有用嘅，我永遠都唔會屈服俾呢挺咁嘅勒索。話你知啦，（停頓）就算會都係一次疏忽咁多啫。（停頓）十年唔逢一潤。

荔緹　　失陪嘞，我越坐越起雞皮。你哋傾完就熄空調啦國富，OK？

國富　　OK。（荔緹上樓。如今獨對兄長，國富神經質地一笑）呢鋪摸黃可？

齊家　　係邊個將我啲貨賣俾你喋國富？

國富　　我唔知。

齊家	你咪出呢招，你冇你老婆咁醒。係邊個呀？邊個係幕後黑手？實有個石堅㗎，係咪？喺好高位嘅？係邊個？
國富	我唔知。
齊家	(迫近他)國富……
國富	(抱頭退縮)打我都冇用喇——我唔會講嘅。
齊家	我唔打你。
國富	你會嘅。
齊家	我從來冇打過你，我成世人幾時打過你吖？計埋細路嗰陣都冇……
國富	你周時擝我囉……
齊家	噂，國富，如果我應承——我以大佬身份應承得過唔篤你出嚟，你講唔講？
國富	我唔敢呀做污點證人。
齊家	我用人格擔保，你知我嘅人格喇國富，由細時計起，我有冇試過講咗唔算數？
國富	你人格擔保？
齊家	係。
國富	好啦。(緊張地望上荔緹處)阿德呀。
齊家	阿德？
國富	係。
齊家	(不信)你係話阿德？德民？
國富	係。
齊家	我生意拍檔，倪德民？我所謂個乜Q啪㞗？倪德Q民？老外個親生仔？我唔信。我死都唔信。(衝出廳趨大門)
國富	大佬？你去邊呀？

齊家　　人頭落地，我人格擔保會有人頭落地。倪德民！（齊家出大門，砰然關上。國富稍迷惘地立玄關，荔緹從遠睡房出來穿上了睡袍）

荔緹　　做乜事幹？

國富　　我冇法子唔爆出嚟，阿德民呢——

荔緹　　我都預咗你爆嘢㗎嘞，佢去咗邊呀？

國富　　你知大佬幾咁……我估佢撠緊去德民度……

荔緹　　你不如call阿德民啦，通水佢知大哥齊殺到嚟。

國富　　得。

荔緹　　跟住打晒俾全人類啦，我哋要開會至得。

國富　　今晚開？

荔緹　　儘快囉。蠢。

國富往廳電話開始撥號，荔緹進睡房，趨衣櫥選衣服，在逐件撥時，鷹狼驚慌的臉出現。

荔緹　　噢，哈佬打令，我完全忘記晒你㗎。（選定一衣）等陣先，我就返嚟。（普通話）很快很快。

鷹狼　　（焦急地吻她手，普通話）很快很快！

荔緹　　（較着眼於穿哪一襲衣服，閩南話）對了……（失魂地關櫥門困住鷹狼，往遠睡房）

國富打通了，電話鈴響。廚房亮燈，德民自後門入，剛倒完垃圾桶，穿着圍裙，接聽廚房中電話。

德民　　喂，倪德民大廚。

國富　　德民？國富呀，我打嚟報料㗎，佢殺到嚟喇。

65

德民　乜話？邊個殺到嚟呀？

國富　你話仲有邊Q個吖？（正欲說下去，大門響起大力敲門聲。混雜齊家怒吼聲，從飯廳傳出小狗吠聲）

齊家　（外場）德民！開門呀德民！

德民　搞邊X科呀？

國富　（怕斷了線）喂……喂……（夏蕾在牆洞露面）

夏蕾　（驚恐）德民，有人敲大門呀。（向身後狗）嘛，Lucky，（譯註：亦可用原著名字Peggy）咪嘈。

德民　（沒好氣）咁咪放佢入屋囉夏蕾，放佢入嚟啦，我講緊電話呀。

夏蕾　我都唔知佢係乜水，哎吔。（消失，外場）Lucky，咪咁啦。（齊家繼續叩門，間中大喝，狗繼續吠。德民再講電話）

德民　喂，對唔住呀國富，有人喺門口，你講開乜嘢話？（夏蕾自飯廳出玄關，輕柔地用腳把狗推回進去而關廳門，準備開大門）

國富　係我大佬齊家呀，佢乜都知道晒，佢知道你搞邊科。

德民　佢知道咗？

國富　你門口嗰個九成係佢咯……

德民　嘩「戴高樂」，（拋下電話）夏蕾！唔好開——

夏蕾已開了大門，齊家像玄壇般立在門口。

齊家　（大吼）德民！

夏蕾退縮，德民挺起胸膛，從容赴死狀。國富驚慌地聽着，狗繼續吠，同時黑燈。

第一幕終

第二幕

同一景，下午，樓上寶貝過訪荔緹，本來擠在衣櫥的衣裙現在散佈滿近睡房。寶貝在試穿其中一襲，荔緹打扮好要出外模樣，坐床上旁觀。樓下，夏蕾在近客廳中沙發上休息，身旁有個密封狗籠，顯然內有看不見的動物。廚房內，德民忙碌預備晚飯，同時在手提機上聽着「梁太教你花式九大簋」。間中跟住朗誦，揭鑊蓋檢視，從架上取烹飪書，坐桌、關機，在以下細讀着。

寶貝　　你點睇？

荔緹　　好，OK，淨係下圍嗰度猛猛緊咗少少啫。

寶貝　　係囉，件件都係咁，我話住想瘦吓身嘅。

荔緹　　可以放啫，夠止口嚹，我自己收窄咗佢之嗎。

寶貝　　好好睇呀。

荔緹　　啱咪拎去使囉。

寶貝　　真係？

荔緹　　我着到厭咯。

寶貝　　好似未着過啫。

荔緹　　我係咁嘅哩，對三日嘅啫我就對到厭㗎嘞，多數衫都係。

寶貝　　我夠憎死我所有啲衫咯，咪照着。

荔緹　　睇你揀使錢落邊瓣嘅啫計我話。我呢份呢，就係買衫，同埋鞋。（思索）同埋首飾，你怕係揀咗使落第樣啩。

寶貝　　佢撈得好掂可。

荔緹	邊個呀？
寶貝	國富囉。
荔緹	過得去啦。
寶貝	我係話佢買得起呢咁多俾你。
荔緹	呢啲？都同國富無關嘅。
寶貝	係？
荔緹	(試一項鍊在寶貝身上)冇，我自己買嘅。
寶貝	哦，失覺晒，我 ——
荔緹	我係勤力女嚟㗎我。
寶貝	明解。
荔緹	你以為我哋盤生意邊個打理㗎？國富？(放一胸針在寶貝胸)
寶貝	對唔住呀，我一向都唔知……咳，我知你有做嘢，不過我一向都唔知……我仲估你實係 —— 咳，我都唔知實在我點諗你 —— 我諗你好似我咁打份工啫，呢，OL咁，sorry囉。
荔緹	(一邊試耳環在寶貝耳上一邊責備地)你哋阿胡紅玉實話你係唔爭氣嘅女性啫……
寶貝	係，我知，好瘀，sorry，呢，係人見倒國富揸架波子，好自然咁以為……
荔緹	佢有波子揸呢大伯娘，係因為我送俾佢做國慶禮物嘅。係我買㗎，不過咪穿煲我話咗你知，費事佢無地自容。知道啦？男人嘛。(拍一拍臉)
寶貝	哦。
荔緹	之咁，無謂呃你，我都間中收吓禮物 —— 間中啦。(展示金手鐲)嘩，呢隻鈪我唔係買㗎，靚嗎？

寶貝　　好靚，邊度出㗎？

荔緹　　（放回其他首飾）唔知呢，台灣啩我估。

寶貝　　（略尷尬）哦，係囉，唔奇吖。

荔緹　　嗱，我俾你試試佢，如果你想逢場作興玩吓嘅，消遣返一晚咁呢——就話我知啦，我應該可以幫你安排倒嘅。

寶貝　　乜話？

荔緹　　搵返個正嘅囉。

寶貝　　吓？生保人呀？

荔緹　　一次生兩次熟啫。

寶貝　　你係話——收錢……？

荔緹　　唔係唔係，業餘性質，為浪漫嘅，一定要保持咁嘅宗旨係咪？唔係就墮落㗎嘞。唔得，你可以接受一啲衷心讚賞你嘅表示，係咁多，一定要係全心全意送嘅，你諗諗佢啦。（看錶）國富去咗邊呢？就快要走㗎嘞。一場嚟到你仲有乜嘢嗒使嘅呢？（挑另一裙）呢條又點呢？幾襯你吖……

寶貝　　哦，你哋如果要出街……

荔緹　　你夠時候試吓佢啫，嗱，入我房吖，嗰度有全身鏡，睇真啲。

寶貝　　真係唔阻你？

荔緹　　（取起衣裙）我捧晒過去，任你揀……

寶貝　　你真係豪爽——我鬼咁唔好意思。

荔緹　　（出房）呢便，你未見過我間房可？

寶貝　　（跟隨，帶住原本自己的悶蛋衣服）未見過囉。

荔緹　　嗱，我自己都覺得好威嘅——你點睇？（領寶貝往遠睡房之一，入房。寶貝停在房門口）

寶貝　　（完全震驚）嘩，喂吔吔！Oh my God！咁多冚唪唥係咩嘢用㗎？

荔緹笑，寶貝小心進房，夏蕾快步從近廳出玄關開大門。德民全不知情，繼續閱讀，齊家立在大門口正舉手欲叩門。

夏蕾　　（略冷淡）哈佬，入嚟啦姐夫。

齊家　　哦，唔該阿夏蕾，慳返唔使撳鐘。（她關大門，齊家等她示意進哪室）

夏蕾　　唔該你有咁靜得咁靜吖姐夫，Lucky响前廳瞓着咗⋯⋯

齊家　　Lucky？

夏蕾　　㗎！

齊家　　哦，隻狗，明解。

夏蕾　　所以我吩住你幾時嚟到，唔使你撳鐘，費事嘈醒佢。

齊家　　（關懷地）明解。

夏蕾　　佢成晚冇瞓呀你知啦，凌晨三點半至瞓落床，我哋兩個都係嗰陣至瞓得落床。

齊家　　你同德民？

夏蕾　　我同Lucky，德民就成晚瞓天光，一撻低就不省人事咁，你嗰單未有耐整得倒佢失眠。

齊家　　係嘅。（尷尬）夏蕾，一日都係我咯。我想為昨晚嘅事講聲對唔住，咁樣撞入嚟。我惟有講句——對唔住。

夏蕾　　哦。

齊家　　真係好對唔住，咁嘅，諗咗成晚，我對成件事有種比較——心平氣和——一種泰然嘅睇法同埋——

夏蕾　　（冷淡）我寬恕你。

齊家　　冇錯，啱嘅。咁佢喺邊呢？喺廚房咁我估。（笑起來）

夏蕾　（毫無笑意）入嚟企企先吖唔該？（指近廳）

齊家　（愕然）好，冇所謂。（二人進近廳）

夏蕾　（一進了廳後）我唔想德民聽倒我要講呢番説話……我唔知到底係乜嘢事 —— 你明白我知道阿德民同檔生意係有啲事 —— 係乜嘢事都好，總之完全唔關我事。

齊家　冇，我諗都冇諗過你 ——

夏蕾　我毫不知情，我毫無得益。阿德民佢所……所作所為 —— 而得倒嘅任何嘢 —— 一個仙都冇我份。

齊家　我清楚收到。

夏蕾　我完全清白，我唔要受倒牽連，由呢啲事可能引起嘅任何刑事官非千祈咪拖我落水……

齊家　夏蕾你聽我講，唔會有刑事官非。

夏蕾　（失望）唔會有？

齊家　呥，我希望冇。我係希望一家人自己搞掂佢，大家達成共識，將呢個家整頓好佢。應該唔需要訴諸法律嘅。

夏蕾　不過明明係犯法事嚟嘛……你估你係律政司長，你話唔告就唔告？

齊家　大早你咪話你毫不知情嘅？

夏蕾　係吖，不過我唔係傻嘅，有蛛絲馬跡吖嗎，同個男人住埋一齊點會唔知得喇。

齊家　（稍頓）你會唔會，咁啱得咁橋，將啲蛛絲馬跡向你家姐提起呢？

夏蕾　你咁講乜嘢意思？

齊家　你有冇爆俾懿芳知？

夏蕾　我一時記唔起，可能有提過。

齊家　雖然你明知佢實同你老爺講？

夏蕾　　咁老爺佢根本有權知啦。實要話佢知有啲咁嘅事。

齊家　　話咗佢知啦。咁遲早佢實查出德民有份。

夏蕾　　或者會嘅。

齊家　　我唔知德民對你做過啲乜，夏蕾你就好明顯慌佢唔死得咁噃？

夏蕾　　（自辯）冇咁嘅事。又唔係我將自己困埋——又唔肯同人講嘢，又完全唔肯同人溝通，除非係講——菜乾豬肺湯。

齊家　　我好肯定冇咁嘅事嘅夏蕾。

夏蕾　　你同佢住埋吖，你試吓同佢住埋吖，你估點吖？想唔想知我近來對食物同埋對食嘢點睇法吖？

齊家　　好，OK，夏蕾，我真係要搵德民傾嘞。

夏蕾　　睇吓，睇一眼吖。嚟，嚟，俾你睇吓先至行吖。（向他招手）

齊家　　（緊張）俾乜我睇呀？（她指狗籃）

夏蕾　　睇吓佢囉，瞓到幾甜。有冇見過咁嘅姿勢吖？

齊家　　哈，係噃，勢估唔到可以咁瞓法嘅可？

夏蕾　　（充滿愛意凝望）係囉。

寶貝與荔緹走出睡房，寶貝換回自己衣服，手提選中的幾套衣服。荔緹穿了上衣。

寶貝　　我從未見過咁多——嘢，我真係好膚淺，sometimes naive，有成半嘅嘢我直程唔知愛嚟點用嘅……

荔緹　　阿大嫂你咪問嘞。咁多年來我積埋咁多，淨係喺咽間房瞓低就要諮詢一個工程博士㗎。

寶貝　　似個馬房多啲囉，又皮鞭又馬靴咁。國富佢真係好呢味嘅咩？

荔緹　　唔知呢，我冇問過佢噃。咪漏低手袋呀。

寶貝	係嘞。(寶貝進近房,荔緹進浴室照鏡。寶貝自語)我真係追唔上潮流咯。
齊家	係好與別不同嘅狗。好老咯可佢?
夏蕾	十三歲。
齊家	難得。嗰幾撻粉紅色,係生滋呀?
夏蕾	唔係。係有幾撻甩咗毛。佢自己摱痕摱甩嘅。聽倒嗎?扯鼻鼾呀。
齊家	係嘞。(他們立着傾聽。現時荔緹與寶貝已走到玄關。同時國富用匙開大門進屋)
國富	好喇,起行啦。
荔緹	我哋車咗寶貝返屋企先OK?
寶貝	唔該晒……
荔緹	跟住我應承接埋阿鷹虎……
國富	(見寶貝手捧大堆)咩嚟㗎?
荔緹	我介紹阿大嫂睇吓享受人生嘅獎品……
國富	曳曳(上平聲)呀你。
荔緹	及時行樂至有得嘆吖嗎,捱得咁慘。

三人出大門口,**關上門。**

齊家	嗱,我都好想成日响度聽佢啲鼻鼾聲嘅夏蕾,可惜……
夏蕾	係嘅,佢喺廚房。你自己識入去可?我自己就唔可以行近嗰啲地方㗎,希望你體諒,如果我踏腳入廚房,我就會 ——
齊家	得嘞得嘞。我完全明解。(齊家快步往廚房,輕輕開門。夏蕾再待一會,捧起狗籃退入遠廳)
	德民?

德民　（從書上抬頭）哦，哈佬，姐夫。

齊家　（嗅）聞倒香噴噴喎。

德民　係呀，睇嚟會幾有趣㗎呢道菜。南京佛跳牆。

齊家　呀，正……（佛跳牆式）「乜得咁鬼香」。

德民　我聽唔倒你幾時到嘅。

齊家　係夏蕾開門俾我嘅，佢好緊張唔想我嘈醒佢隻狗。

德民　係咩？呀，佢尋晚冇乜得瞓。

齊家　係囉。

德民　我都係啫事實上。

齊家　我哋大家都係啦。

德民　坐……

齊家　我想講聲，好對唔住——尋晚——我——

德民　冇事，冇所謂。即係，我係話，冇嘢。

齊家　我想話，我講咗咁多說話……

德民　冇冇冇，我係話，大早皆因我——係囉。（稍頓，然後緊張地）咁你打算點呢？

齊家　我打算搞清楚呢單嘢囉阿德，我要撥亂反正。

德民　好。（見齊家不會再多透露詳情）我約晒有關人等嚟，就快到㗎嘞。

齊家　咁我留返到時至講啦。

德民　好。（停頓）

齊家　我應該話你知，係你老婆夏蕾將成件事話晒佢家姐阿懿芳知，懿芳再通水俾我外父你老豆知，佢再話我知。

德民　係，好自然吖。我估我返咗工嗰陣夏蕾搲我啲嘢囉，我啲文件。我自己攞嚟衰，啲嘢應份咪周圍亂扴。佢好明顯以為我將啲錢收起喺邊度窿窿罅罅。

齊家　咁你係唔係吖？

德民　係，係收起晒。佢估得啱。不過我唔會對佢唔住，我會留低俾佢夠使嘅。

齊家　留低俾佢？

德民　喺我走咗之後囉。

齊家　(吃驚)走去邊呀？你想燒炭呀？

德民往廚房抽屜，搜索雜物如毛巾等那一層之下，取出一份皺了的新渡假村廣告。

德民　我乜都收喺廚房，佢實唔會入嚟嘅……(示廣告)你睇，正嗎？

齊家　邊度嚟㗎？地中海？

德民　唔係，係太平洋、沖繩島渡假村。

齊家　哦，即係乜嘢琉球群島嗰度。

德民　見倒嗎？呢橛起好咁滯㗎嘞，有高爾夫球場、商場、泳池、健身室，呢啲係別墅式渡假屋。而呢間呢(指住)——就係我間私房菜館。

齊家　你講乜嘢呀？你要去菜館度做嘢？揸鑊鏟？

德民　唔係，係揸fit，係我買嘅。我合約都簽咗啦，我係經營權擁有人。

齊家　你去搞食物館呀？

德民　大廚兼東主，係我嘅夢想呀齊家，多年夢想。

齊家　你扰晒啲錢落去呢間嘢？

德民　同埋間別墅。呢間係我嘅，睇見嗎？（指地圖）三十四 A。

齊家　睇嚟細間啲嘛。

德民　哦，我唔需要大間啫，得我一支公之嘛。

齊家　你一支公住去嗰度？

德民　Yes。

齊家　整南京火鍋定沖繩牛腩煲賣俾一班打高爾夫球嘅退休鬼佬渡假遊客？你唔使一粒鐘就實聽執笠都得嘞阿德。

德民　如果你依家出手阻止我做成呢件事，你即係殺死我，我真係會死㗎。依家我全靠諗住呢單嘢嚟支持自己㗎咋。

齊家　咁夏蕾呢？你明啦，佢……佢睇落唔多妥呀依家。如果你失驚無神執個篋帶埋頂廚師高帽咁就走咗去，佢會點嘛？我想問你，你老婆呀佢上次食嘢係幾多日前呀前世？佢瘦到成隻螳螂咁……

德民　（忽然粗暴地）哼，佢有食嘢，你少擔心啦。佢想人哋以為佢唔食之嘛。不過我捉倒佢偷食呢。嘉頓超軟蛋糕呀。

齊家　真嘅？

德民　一包二包。佢收喺飯廳，收喺啲狗餅後便，俾我响牆罅裝倒佢呢。

齊家　佢淨係食嘉頓超軟蛋糕嚟吊命都唔得嘅。會甩晒啲頭髮咁個嘛。

德民　佢唔怕，襯返佢隻甩毛狗囉咁咪。（激動）嗥，佢想嘅隨時都可以入嚟廚房食飯嘅，任佢之嘛。我同佢講過，隨時歡迎，我仲叫佢點菜喋。

齊家　你係話，你陰乾搾乾晒你自己盤生意，係你老豆用咗五十年建立嘅生意，仲有幾十人將青春精力都擺晒落去嘅呢盤生意——就為咗開間壞鬼餐館……

德民　（怒）係我自己嘅生意嘛。

齊家　　唔係你嘅生意，係佢嘅生意，都唔淨止只佢嘅噃，係我哋全家人嘅，係我哋嘅生意。

德民　　（像孩子嚷着）咁應份係我㗎嗎。係咁多。應份係我嘅，你吹咩。（哭起來）你想我點啫……

齊家　　喂，阿德哥，咪咁啦唔該你，已經夠濕滯㗎啦你仲──（叩門聲）

德民　　（啜泣）我都付出咗好多青春精力㗎。一日對住啲石頭觀音大頭佛──

夏蕾從廳奔去開大門。

齊家　　係咪有人拍門呀？

德民　　係。等我……（他抓起一把廚房大紙巾，走出玄關，一邊噴鼻涕。同時，夏蕾開門給思來）

思來　　（開朗地）你好嗎奶母？

夏蕾　　（冰冷地）好。（向德民）唔該你叫你班老友行後門好嗎。Lucky要休息吓。我都要呀。

德民　　好啦老婆，得，識做……

思來　　你要我兜去走後門？

夏蕾　　嘛！

思來　　Sorry囉。

夏蕾　　要講幾多次？Lucky瞓緊覺呀。

德民　　（低聲）去啦思來。

思來　　（進屋）識做。唔該。

德民　　我出去等，啲人嚟到我指佢哋去後門。

德民走出大門。

夏蕾　　（向思來）咁你閂門啦，唔係Lucky會走出街㗎。

思來　　對唔住。（關門）狗都會夢遊個可？

夏蕾　　（冷冰冰）你識路啦。（夏蕾進飯廳。思來進廚房。齊家閱着廣告，驚奇抬頭）

思來　　（怯怯地）哈佬，外父。

齊家　　唔係吖嗎？你都有份？

思來　　係呀。

齊家　　即係差不多有些少智慧嘅全人類啦？係爭零智商嗰個冇份啫。

思來　　你唔知嘅咩？唔知我有份？

齊家　　唔知，阿德淨係話叫晒有關人等㗎。

思來　　叫晒有關人等？

齊家　　哦，係叫晒有關係嘅人等等。

思來　　我正想咁話囉。唔係叫齊有關人等，係就要book觀瀾湖高球場至得咯。

齊家　　（尖銳）依家唔係講棟篤笑呀。

思來　　（急急）唔係唔係，我知唔係。

齊家　　根本唔係講笑。所以唔該晒你喺塊面度「刪除」咗嗰款傻笑……

思來　　收倒。（停頓）

齊家　　德民呢？

思來　　指揮交通改道呀。

齊家　　（沒好氣）講乜呀？

思來　　指人入後門呀。

齊家　　哦。（停頓）

思來　　如果你……你大早唔知我有份 —— 我老早唔使嚟啦，係咪先？

齊家　　太遲嘞你老早 —— 老早應該未嚟之前諗掂呢筆先吖嗎。

思來　　未嚟之前我老早唔知囉。嚟到先至知。咁太遲咯。我要老早未嚟之前就知，咁我老早知咗就唔嚟囉。

齊家　　(熟視他一會)你嘅推理能力高過我攝門腳嗰嚿膠卒番。可？朝霞知幾多呀又？

思來　　佢乜都唔知。

齊家　　係事實？

思來　　我發誓，佢一啲都唔知。我驚佢會唔准我咁做。

齊家　　(酸酸地)哈，好難講。

思來　　呢裡頭有陣味好難頂，佢煮緊乜啫？

齊家　　南京佛跳牆啩。

思來　　佢咪旨意我留低食埋佢就得嘞。佢煮嘢好屎嘅。

齊家　　係咩？

思來　　佢啲係街邊魚蛋檔手勢。話你知啦，乜佢上咗呢鋪大廚癮以來你都冇嚟過食飯咩？

齊家　　冇嚟過。寶貝同佢弟婦阿夏蕾關係麻麻地……

思來　　(看烹飪書)南京佛跳牆，呢煲嘢慢吓手可以引起新一次南京大屠殺㗎，唔係咩呀？

後門一陣敲門及扭門栓。是德民帶住荔緹、國富及馬鷹虎 —— 三十歲，馬氏五兄弟正中那位。他是住家男人，比之前見過的兩位較胖、較笑容可掬，但粵語一樣不濟。

思來　　等陣。

思來開後門，全體操入廚房，德民殿後及關門。

荔緹　　哈佬大佬。

國富　　齊家大佬。

齊家　　哈佬。

思來　　咁多位長輩，請安。

荔緹　　呢位係鷹虎呀大哥，馬鷹虎三哥。（普通話）這是麥齊家。

鷹虎　　（閩南話）幸會。

齊家　　（普通話）久仰。（尷尬的靜默）

德民　　哎，不如大家坐低先吖？（眾坐下，人人對齊家有戒心）對唔住大家要喺呢度聚會，皆因阿夏蕾要陪隻Lucky喺廳度瞓，而且我都要睇住個火。

思來　　「近廚偷食」可成班友？（他笑。無人笑。稍頓）

德民　　或者開完會大家鍾意嘅留低開餐吖？（無人響應這建議）無任歡迎㗎。當然好明顯係要睇吓個會開成點先啦。（緊張地望向姐夫）齊家？你開波先哩？

齊家　　如果呢度咁多位就係有關人等……睇嚟係啦——我都唔想多講咯。你哋多數人都估得到我嘅感受係點㗎啦。我即刻諗倒嘅形容詞係反胃，我覺得反胃。因為呢班唔只係我嘅舊相識，仲係親戚、家人——你哋大多數人——居然會同謀夾計去欺騙一位老人家，一位有痴呆症嘅老人家，呃晒佢畢生嘅心血同事業。

德民　　我哋幾時都顧住佢個潘姐夫。

齊家　　（不理他）呢件事我淨係想講咁多，OK？我哋要撥亂反正。OK？要大清洗，喺家族嘅招牌上便抹淨晒啲臭屎。OK？今日我哋嚟呢度就係為咗咁，我哋要將盤生意還原返往日一樣，一門正當、老實、小本家庭作業。咁，我哋要點樣入手呢？

思來　　好難咯。

齊家　　我話你知，我哋由嗰一頭開始。(指鷹虎)我哋停止同佢哋交易
　　　　先。(普通話)再見飛鷹。OK？

荔緹　　(向鷹虎講，閩南話)他説停止和你交易⋯⋯

鷹虎　　(閩南話)對了，再見飛鷹。(大笑)

齊家　　哦，今日呢個係大笑姑婆可？

荔緹　　佢唔多識廣東話⋯⋯

齊家　　冇相干。佢哋睇嚟唔使識都撈得幾掂吖？(向國富及荔緹)第二，
　　　　冇得再監平監賤賣俾你班友，OK？

國富　　你點話點好啦大佬。

齊家　　我係咁話。第三(轉向德民)——我哋條生產線回復返出產正牌公
　　　　司產品。OK？通過正式渠道發售，賣正確價錢。OK？

德民　　好。(望向思來)OK可思來？

思來　　唉，班友仔實唔likey⋯⋯

齊家　　(大怒)班友仔實唔likey乜嘢？

思來　　唉，呢，冇咗啲下欄囉。我係話佢哋靠晒啲外快㗎嘞。

齊家　　咁以後佢哋咪要靠賺份正薪囉，唔係咩？

思來　　不過實少咁一大橛㗎外父⋯⋯我係話，佢哋份底薪得嗰雞碎咁
　　　　多——

齊家　　底薪唔夠咪開OT補水囉？

思來　　要每個禮拜開七十個鐘OT至搵得返賺少嗰橛㗎喎⋯⋯

齊家　　我話知佢屙blood(音拔甩)！

思來　　我淨係想講：佢哋實唔likey咁啫⋯⋯你會有麻煩㗎，後遺症囉。

齊家	（激動）我簡直難以相信。你係恐嚇我會面對工業行動，因為班工人抗議冇得再呃佢哋打工間廠？不能入信，簡直Liverpool離乜譜——

牆洞拉開，夏蕾伸頭進來。

夏蕾	唔該細聲啲呀！間屋仲有第啲人㗎離乜譜。（驚愕的靜默）多謝合作。（尖銳關門，走出飯廳回遠客廳）
德民	最好細聲啲，唔好俾夏蕾聽倒我哋講乜就安全啲……
荔緹	佢已經知得太多啦——
德民	呀，嘷，咁就未必肯定——
荔緹	肯定，唔係邊個通水俾懿芳知嗟？
齊家	（急於繼續）好未？
德民	對唔住姐夫。
齊家	好，咁就咁決定。OK？
荔緹	我可唔可以——？
齊家	唔可以。冇得傾，冇商量，冇選擇。係咁先。散會。
荔緹	唔該。（稍諷刺）我哋嘅領導人？
齊家	（懷疑地）乜事？
荔緹	我哋未走之前，我淨係想問聲你打算點處置我哋個老友何先生？都唔使一個禮拜嗟，佢似乎已經查出我哋好多嘢。一係佢係神探，一係就佢夠醒目去同懿芳傾過……
德民	嘷咁就未必肯定……
齊家	（打斷）佢唔係知幾多嗟。佢知道馬家嗰份，係咁多。

荔緹	佢知道係阿德同我供應啲貨俾佢哋嘅。因為今朝佢打過電話俾我，話想聽日揾個時間見我喎。
齊家	佢聽朝喺我哋公司上工。
德民	死喇……係咁大喇係咪？大鑊啦。（激動立起）
齊家	冇事，冇事呀德……
德民	大件事啦！死硬啦！今次真係要燒炭咯！
荔緹	（尖銳）德民！坐低！收哆！

德民坐下，眾思索。

齊家	咁好啦，我一筆勾銷out咗佢。我今晚call佢，話唔再需要佢嘅服務嘞。咁就掂啦。
國富	你要磅水俾佢㗎。
齊家	我俾。我咪叫佢計到今日為止做咗嘅嘢開數囉。
思來	佢唔止要咁少呢。
齊家	你講乜嘢？
荔緹	（像教仔）大哥，佢哋係話何先生淨係收標準收費可能會唔滿足。佢已經刮咗咁多料咯……
齊家	你係話佢會企圖勒索我哋？（靜默）又嚟多次？
荔緹	我係話可能要俾錢佢做掩口費……

齊家旁觀以下一段，目定口呆。全段極快速。

德民	咁我哋講緊幾多呀？
荔緹	頂多十。

國富	我哋幾多人呀呢度……一、二……唔好計大哥……三、四、五……五!砌夠十得唔得?
德民	十?我出唔倒十……
國富	唔係,係每人二……
德民	都多啫。
荔緹	開價五先吖。留住五。
國富	做後備。
思來	頂多二。
德民	沖頭五。
荔緹	收尾五。係咪?
思來	制。
國富	通過。
德民	OK。
齊家	做乜事?究竟做乜事?
荔緹	(向鷹虎,閩南話)每人夾二萬,總共十萬買保險,行嗎?
鷹虎	(笑,閩南話)付這樣的保費,我的兄弟應該可以安排到更永久性的保險。
齊家	依家佢又噏乜呀?
荔緹	阿鷹虎話,出到咁嘅保費,佢班兄弟應該安排倒更永久性嘅保險喎……

國富笑。

齊家	即係點呢?

鷹虎	(笑，閩南話)意外保險是嗎？對了。
荔緹	(笑)佢話，意外保險……
國富	點呀？例如意外由五樓窗口跌落街咁咯噃……？
思來	意外吞錯咗個偵探嘅放大鏡？

鷹虎做個哽喉手勢向齊家解畫。

齊家	呢個算唔算係認真嘅提議……？
荔緹	唔係唔係。大哥，鷹虎佢講笑啫，可？(吻鷹虎頭頂)好cute呀你，五兄弟之中我最鍾意呢個。你知唔知佢有六個仔女㗎？(閩南話)六個啤啤是嗎？
鷹虎	(取錢包，閩南話)六個子女，對……
齊家	嘩，咪住先，咪丟住先……

同時，鷹虎把家人照片分派給有興趣者。

鷹虎	(與以下同時，閩南音粵語)這是最小的馬少鷹，兩歲。這是她的媽，吾妻正斗是嗎？這是大兒子馬大鷹。他八歲，但已經立志要做設計師。這對是孖女：烏鷹和白鷹，今天是她們四歲生日……
齊家	……到底搞乜鬼呀？
思來	我哋計掂俾幾多錢佢啫外父。
齊家	俾邊個呀？
思來	呢條何必達囉。
齊家	我哋唔使俾錢佢，除咗佢做咗嘢賺倒應得嗰份……
德民	不過姐夫──

齊家	唔得，我領夠嘢喇，唔會再咁順攤㗎，明未？（鷹虎試圖引起他興趣看家庭照）唔睇呀，我唔想睇你啲啤啤相呀，收埋佢啦。丟嘞！呪死冷！（向眾人）我講清楚呢筆吓，我完全冇意思要淪落到勒索呀、賄賂呀、貪污呀咁，明未？由而家開始，我哋所有嘅生意都要正正當當咁嘅。死咩，一開咗個頭，呢度又俾五千、嗰度又俾五百俾嗰啲——
思來	萬呀。
齊家	吓？
思來	我哋講緊「萬」呀唔係「百」呀外父。十萬呀。
齊家	（震驚）一百萬銀，你講笑咋係嗎？
德民	有可能五十萬啫。
齊家	你講笑……我頭暈腦脹……
國富	市價係咁上下啦大哥……
齊家	我真係——腦部亂晒……我係話……
德民	（期望地）你估齊家姐夫佢會唔會真係五百蚊搞掂佢吖嗱？
荔緹	唔使旨意。
國富	之不過應該由大哥佢出馬嗱。
齊家	乜話？
荔緹	係嗱。一定係要你出面㗎大哥。
齊家	你哋要我去使黑錢？
荔緹	講真吖，一定要係你嗱。
齊家	（大怒立起）夠嘞，唔好再講，冇得傾……
國富	等陣先大哥，等陣先……
荔緹	係要你出面㗎大哥，個人係你請返嚟㗎。

齊家　早啲啦,趁我未打傷人之前我走先嘞。

德民　(無用地)姐夫唔好行嗰便啦唔該你……

齊家　拜拜。(他不理眾人抗議,操出玄關,走出大門,砰然大力關門,廳中傳出狗吠。眾大驚失色)

夏蕾　(外場廳中大吠)係邊個做嘅?

德民　快手,走後門鬆人。(他急趨後門,打開門,驅眾客人出去。同時,盛怒的夏蕾出玄關)

夏蕾　有人故意爆陰毒……故意嘅……(回進遠廳)

德民　速速啦……

思來　記住你煲火鍋……

德民　(轉身,恐慌)死嘞,我個佛跳牆!

夏蕾抱狗籃重出玄關,開大門,門外無人。德民找手套。

夏蕾　係有意嘅……你有意、惡意、爆陰毒……!(她走出大門關上門。德民搶救火鍋,從鑊中捧出燒焦冒煙的大煲。同時夏蕾仍抱住狗籃繞到了後門外,趨後門時嚷)德民!我呢世都唔會原諒你㗎,德民……(走到後門)

德民　(轉向她,手捧火鍋)夏蕾,sorry呀我……(夏蕾見他手捧甚麼,大驚退縮,用手掩口阻住慘叫,然後反胃作嘔,呻吟着奔回院子中。德民追住她,抱孩子般抱住火鍋)夏蕾……?

現在是晚間,又回到齊家與寶貝的家。朝霞穿上去街衣服從飯廳上。她帶着兒童圖畫/故事書,開始上樓。同時,寶貝從客房——即不是晚霞睡房——出來。她有點貪靚地穿上一套荔緹送給她的衣服。客房傳出童聲。

寶貝　得喇,媽咪嚟緊嘞,乖乖地瞓喺度。

晚霞從打開的後門進廚房，穿校服，戴電單車頭盔。她捧着一件家庭電器──看不出是甚麼──用舊報紙包住。一條電線連插頭垂了出來，是唯一顯示那是家電。晚霞把家電放廚房桌上，查看過無人見到。再出外，留下後門開着。朝霞與寶貝在梯頂遇上。

寶貝　　呀，佢嗌緊你呀……

朝霞　　得㗎嘞，我講呢本故仔佢聽囉。好死悶㗎，次次都催眠晒我哋兩個，佢冇嘈醒妹妹吓嗎？

寶貝　　冇，隔開好遠嘅，冇法子今晚要佢兩個瞓埋一間房。但係我唔敢再問阿晚霞……

朝霞　　冇所謂。No problem。（看寶貝）幾好睇吓，好襯你嗰。

寶貝　　（懷疑）真係？我估阿荔緹着得好睇啲……

朝霞　　點解啫？點會嗝？你身材同佢有得揮啫。

寶貝　　點係吖。（自己打量）我估我着就老咗啲。

朝霞　　傻啦，你睇落好索，真㗎。

寶貝　　真嘅？

朝霞　　真。

寶貝　　（仍懷疑）哦。（然後，放懷）你係咪話同思來去睇戲呀？

以下，晚霞脫了頭盔回進廚房。

朝霞　　係，幾年未入過戲院咯，嘆返吓，我哋去睇──哈，叫乜名話──華仔吓嗎，華興容嗝。

寶貝　　咁咪幾疏乎。

朝霞　　係囉。

晚霞關上後門，可聞電單車開動駛走聲。

寶貝　　好啦我 ——（聞此聲停住，大嚷）晚霞？係咪你呀？（晚霞在廚房定住，她們傾聽）我以為係佢嚟。

朝霞　　晏咗可佢？

寶貝　　你知依家返國際學校點嚟啦，咁鬼多乜乜學會乜乜社乜乜活動，佢周時晏返嘅，佢有個friend車佢返屋企㗎。

　　　　係嗰個嘞。我落去先。齊家就返到嚟嘞，佢約咗嗰個嘢。（開始下樓）

朝霞　　（止住她）思來講晒俾我聽喇，關於公司啲嘢。

寶貝　　哦，係咩？我估唔到佢會 ——

朝霞　　會，尋晚囉。（笑）我都估唔到……

寶貝　　（不由自主也笑）得人驚可？咁大單嘢，仲有你德民舅父都有份㗎。

朝霞　　仲有二叔呢。

寶貝　　冚個家族可？

朝霞　　仲有荔緹二嬸。

寶貝　　係，咁，佢呢，佢嗰份做乜嘢我都唔會覺得出奇嚟嘞……

客房傳出兒童叫聲。

朝霞　　（回嚷）OK，嚟緊喇豬豬。（向寶貝）老實講咁係幾衰嘅不過 —— 自從思來講咗呢單嘢俾我聽，而佢又有份嘅 —— 我反為對佢另眼相看咗，睇得起佢多咗唔係少咗，我好衰可？

寶貝　　哦……咁又係。

朝霞　話你知吖我——我對佢冇晒興趣㗎嘞嘞講你都唔明。咁好大劑啫可？我曾經愛過嘅人——同佢生咗啤啤嘅——誓過願同佢做人世嘅——而我一聽倒佢返到屋企門口，個心就插水咁沉咗落去。間中有晚我會求神拜佛保佑佢過馬路俾車撞低，總之等我避倒唔使對住佢同佢講嘢囉……咁囉，你話衰唔衰到貼地吖？我講出嚟自己都面黃。點知爆出呢單大鑊嘢，咁即係佢唔低B得晒啦，係咪先？低B佬就唔識得……嗱，一個人要做犯法事，都要食吓腦至得略係咪先？我即係話，係傻佬都會得忠忠直直啦。可？你明我講乜啦。

寶貝　(懷疑地)明咁。不過你爹哋就未必同意你鋪話法。

朝霞　(笑)哦，佢實唔同意啦佢。咁就證明佢係完全白痴啦可？

寶貝　(笑)冇錯啦。(客房再傳出兒啼)

朝霞　嚟喇基基，媽咪嚟喇。(她沿平台走去。寶貝下樓進客廳扭亮兩支燈。晚霞側身傾聽，直至肯定母親在廳內。朝霞進睡房時)要乜嘢呀心肝？

晚霞拾起廚房桌上包裹，開始上樓。寶貝從客廳出來，拿着冰桶趨廚房。

寶貝　晚霞？

晚霞　(若無其事)哈佬媽咪。

寶貝　咁晏返嘅你？

晚霞　我有會開吖嗎。

寶貝　哦，咁乖女，今晚呢個係乜會呀？

晚霞　Music Club，音樂欣賞學會呀。

寶貝　咁好呀，你拎住啲乜嚟㗎？

晚霞　CD呀，仲有MD、MP3，同學借俾我聽嘅。

寶貝　　喥，咪開到太大聲嘅吓？

晚霞　　唔會。

寶貝　　你用國富二叔送俾你副耳筒啦。

晚霞續上樓。寶貝進廚房裝滿冰桶。同時朝霞從客房持空水杯出來。

朝霞　　(向房內)喥唔好飲咁多杯費事瀨濕張床……哦你呀晚霞。

晚霞　　(咆哮)死咯，你又抏低你個臭屎瀨尿核突啤啤响我間房係嗎？

朝霞　　唔係呀，把口咪咁臭嚟呀，佢都唔知幾可愛，你攬住啲乜嚟㗎？

晚霞　　冇嘢。

朝霞　　吓？你又撻咗乜嘢呀？

晚霞　　咪踢爆媽咪知吓。(露出些少包內物)

朝霞　　係乜料啫？

晚霞　　CD同hi-fi囉。

朝霞　　晚霞呀！你真係黐線嚟，你啲MD乜D仲唔夠多咩？你間房直頭順電家電醫院咁款。

晚霞　　我唔留㗎，愛嚟賣㗎。

朝霞　　點解啫？

晚霞　　我等錢使囉，就係咁解囉。

朝霞　　點解嗱？要錢做乜啫你？

晚霞　　要嚟買嘢囉。

朝霞　　買乜嘢？

晚霞　　買嘢。你咪理我嘅事啦。(停頓)買嘢。

朝霞　　晚霞呀，你係咪揩嗰味嘢呢？

晚霞　　揩乜嘢？

朝霞　　你知我講乜嘅，嗰味嘢 —— 你哋點叫話，丸仔囉，你啪丸呀？

晚霞　　咪！唔係。

朝霞　　講真？

晚霞　　冇哩！總之唔算係啦，都冇上癮。

朝霞　　晚霞，好危險㗎，電視一日講住啦：「生命冇take two」……你會冇命㗎，知道嗎？

晚霞　　去同你個啤啤屙臭臭啦……

晚霞進睡房關房門。朝霞焦慮，進浴室，倒清水杯，回遠睡房去。同時，齊家自後門進廚房，穿外衣，緊抓住公事包，但又離身似是怕它。國富隨其後，戴駕車手套而沒穿外衣，持一笨重的士巴拿。

寶貝　　（上前迎接齊家）老公，返嚟嚟？啱啱好整杯嘢你飲吖。

齊家　　哦，好，我 —— 喺 —— 帶咗國富返嚟。

國富進門現身。

國富　　大嫂。

寶貝　　哦，哈佬國富。

國富　　你好。（尷尬的停頓）

寶貝　　咁今日點呀？

齊家　　吓？

寶貝　　今日返工點呀？

齊家　哦，今日？今日唔錯吖，好。(停頓)

國富　好靚呀件衫。

寶貝　多謝。(稍頓)係你老婆嘅。

國富　係咩？我諗我見都未見過，梗係佢着起呢套衫嗰陣我咁唔睇錶嘅。(笑)

寶貝　你除唔除褸呀齊家？

齊家　哦，除。

寶貝　(助他脫外衣)得。國富呢？除埋俾我……(見士巴拿)哦……你自己攬住晒可？

國富　係，唔該。

寶貝　咁不如出廳舒適啲啦。好唔好？

齊家　(開始走出玄關)好。(國富不動)

寶貝　國富呢？

齊家　唔出，國富留喺呢度。

國富　我留喺呢度。

寶貝　乜話？留喺廚房？

國富　得喋嘞。

寶貝　(不明)好，你自便啦，飲唔飲嘢呀？

齊家　唔使。

國富　唔使。

寶貝　唔使。我由得啲燈開着得嗎？

齊家　唔得。

國富　唔得。

齊家　不過就由得道門……

國富　唔該你……

寶貝　好……（寶貝大惑不解。齊家尷尬地立玄關，仍死命抱住公事包。國富在廚房踱步兩圈後坐下）齊家，咩嘢事啫？做乜國富佢……？

齊家　㗎，入嚟傾兩句。（指廳）

寶貝　等陣。（往掛起齊家外衣。齊家把公事包放桌上，凝望着，從玄關叫）你係咪話想飲返杯呀？

齊家　係呀，唔該。

寶貝　我斟俾你吖。（齊家取出匙，快手開了公事包，幾綑紙幣跌出地面，他塞回包內，恐慌地瞪着包內物，然後不相信地搖頭，聽見寶貝帶飲品回到，再關上包。她熟視他）你冇嘢吓嗎？

齊家　飲杯。

寶貝　飲杯。（二人對飲）

齊家　我約咗呢個 —— 人 —— 就嚟到嘞。

寶貝　何生？係吖你講過。

齊家　我講過？

寶貝　喺電話講嘅。

齊家　呀，係。

寶貝　食晏嗰陣。（稍頓）咩嚟㗎？

齊家　咩嘢咩嚟㗎？

寶貝　（指）嗰個。咩嚟㗎？

齊家　嗰個？係 —— 係個公事包。

寶貝　係你嘅？

齊家　唔係。

寶貝　哦，咁裝乜㗎？

齊家　冇嘢，紙嚟啫。一張張一張張紙。（不安地瞪視公事包）

寶貝　齊家，你講大話，我睇得出嘅。講我知啦，我哋兩公婆之間從來冇講過大話嘅。你收埋啲乜啫？講我知啦。

齊家　係——銀紙之嘛。之唔係銀紙，係咁啫。

寶貝　銀紙？有幾多銀呀？

齊家　（粗聲）好多好多好多。大堆大堆大堆銀紙。好老實講，我都未見過咁大堆銀紙質埋喺一個咁細地方，睇到你標眼水㗎我話你知吖。

寶貝　（大驚）齊家，你做過啲乜嘢呀？

齊家　冇嘢。

寶貝　你唔係偷返嚟嘅係嗎？

齊家　（尊嚴受損）梗唔係「我」偷㗎啦。

寶貝　對唔住，你實唔會嘅，我都唔知噏乜……

齊家　係愛嚟——愛嚟俾何生嘅，係咁啫。佢嚟到我就過水俾佢。

寶貝　到底乜嘢事啫齊家？成箱銀紙又有人揸個士巴拿匿喺廚房……？

齊家　做保鑣啫老婆，國富係我個保鑣，係咁啫。

寶貝　你往日都唔需要有保鑣嘅——

齊家　係，今次特殊情況啫，我帶住咁多……一次過啫，我擔保。我俾錢佢做掹口費，保住家聲名譽，咁就了咗件事咯，冇下文咯，一切恢復正常。我唔要再有咁嘅事㗎話你知，真係唔會㗎寶貝。

寶貝　我夠想信你咯。

齊家　　係真㗎。今次係我最後一次幫班友仔出頭㗎嘞，我敢擔保。

門鈴。

寶貝　　好啦，我放佢入嚟咯噃。（國富小心開廚房門）

國富　　（隔玄關向廳中的齊家嚷）OK大佬？

齊家　　（急）留喺裡便！我需要就喺你……（寶貝往大門。齊家緊張地踱步，在几上放好公事包。寶貝納入必達）

必達　　（滑頭）麥太你好，嘩，今晚好靚啫。

寶貝　　係咩？多謝晒何生。（替他掛外衣）

必達　　你先生怕等緊我。

寶貝　　係呀。（領他往廳）飲啲乜呀何生？

必達　　不如有杯紅酒加多兩滴七喜就正晒啦……呀，麥生你好。

齊家　　何生。（齊家請他坐下，寶貝往倒酒）

必達　　今日一切順利可？

齊家　　係，有心。你呢？

必達　　極之成功呀麥生。

齊家　　（失望）哦，好。

必達　　我估你對我嘅調查結果會有好大反應，麥生，你會憤慨，甚至有些少震驚……

齊家　　真嘅？

必達　　（狡猾地）哦，除非你已經略有聽聞啦？

齊家　　咁要睇吓「你」聽倒啲乜啦何生。

必達　　冇錯。（笑）睇吓點。（寶貝進來遞酒給他）唔該晒麥太。

齊家	唔該晒太太，你唔使理我哋嘞，我知你有第啲嘢要做嘅……
寶貝	（本想坐下）吓？哦，係，有嘅。
必達	你唔陪我哋坐呀？
齊家	唔嘞。
寶貝	唔嘞。我有 —— 有嘢要做，喺廚房呢，失陪。
必達	請便。（寶貝出廳，一時不知何去，想往廚房，記起國富在那兒，終於進飯廳）
齊家	飲杯。（必達喝酒，然後放下杯，打開記事簿）
必達	好啦，我可以開始啦嗎……？我第一件着手去查究嘅，係喺成功發現咗馬氏家族嘅關係之後 ——
齊家	哎……何生 ——
必達	—— 即係到底……乜話？
齊家	我諗，事實上，你繼續報告都冇乜意思。
必達	係？
齊家	呢，事實上，我決定咗 —— 唔再追究落去。喺咁嘅情形之下，我希望你明白我嘅苦衷。
必達	哦，係，明解，完全明白。（放下記事簿）慳返好多時間啦。
齊家	當然我最初叫你查嗰陣冇諗到係咁嘅。
必達	冇囉……
齊家	唔係我就唔會……
必達	唔會……
齊家	我即係想講……我哋想閂埋門一家人自己搞掂佢……唔好牽涉太多外間人。

必達　　比如我咁？

齊家　　冇錯。

必達　　或者公安局？

齊家　　係，唔係。

必達　　之不過，我哋係講緊一單大規模嘅詐騙㗎可？

齊家　　哦，控制咗啦，我擔保情況經已受到控制。

必達　　咁呀，即係倪老先生已經知道咗啦——

齊家　　咮，未，未，咁嘅情形咯喎，又……又牽連一啲人——

必達　　佢嘅闔家啦譬如……

齊家　　係……如果你可以……我哋覺得……對於一個體弱嘅老人家，就
　　　　快做七十五大壽喇，可能太大打擊——

必達　　係，不過我總係認為應該知會倪生嘅。應該有個人講佢知。佢應
　　　　份知喇係咪先？

齊家　　嗱，呢個係——係家庭會議嘅決定呀何生。我哋肯定會喺適當時
　　　　候全面討論成件事嘅。目前階段只需要講句：多謝你嘅協助，同
　　　　埋你嘅出色——表現同埋……或者你send張單嚟吖，慢慢都唔遲
　　　　嘅。（靜默。必達瞪視他，略緊張地）你認為咁樣公道嗎？

必達　　坦白講就不行麥生，對我一啲都唔公道㗎。

齊家　　呀。

必達　　對任何人都唔公道㗎事實上。對公司、對倪老先生、對我，最緊
　　　　要係對社會嘅公義，都唔公道。（稍頓）

齊家　　係，好，收倒。當然啦，我打算補充——我哋全體——傾嗰陣——
　　　　對你到目前為止所作所為嘅表現——好讚賞——阿何生——大家大
　　　　致上覺得——應份有一筆——獎勵，現金嘅獎勵。（停頓）大筆現金
　　　　嘅獎勵。

必達　　　明解。

齊家　　　傾過嘅數目係五萬蚊。(稍頓)五萬五蚊,現金。(冰冷的停頓)你認為點呢?

必達　　　我覺得點呀?我認為極之反感呀麥生。

齊家　　　呀。(停頓)我——哎……哈,塞咗去邊呢吓?——(拍口袋)……可能我記錯咗些少嘅,個數目……你知啦,我成個腦都係數字喋嘅成日咁長……可能會係近六萬啲咁喇我依家記返起……喺邊呢?——我寫低咗嘅……(齊家打開公事包,使必達可望清內涵,然後關上)唔喺呢度。係嘞,依家諗返起我都幾肯定係六。六呀七呀咁上下啦。

必達　　　(柔聲)麥生,佢哋授權你最高出到乜嘢數目呀?

齊家　　　一百。

必達　　　一百吓?一百吓?

齊家　　　係,萬呀。(忽然勇敢)就係一百萬,要定唔要?

必達　　　睇怕你要收返佢嘞麥生。

齊家　　　好,就係咁先。(伸手欲握)何生,喺呢個世界上,見倒一個富貴不能淫嘅人,真係一劑清涼劑。我好抱歉我曾經試圖——

必達　　　唔係噃麥生,我絕對富貴能淫喫,呢筆你少擔心。只不過我對自己值幾多錢,有好好嘅估計啫。

齊家　　　係,明解,咁……?大約呢?你會唔會噚個數呢何生?值幾多呢?

必達　　　比如話五百萬吖?

齊家　　　(瞪目)係,哦,我話你知啦何生,我依家就可以講明你知——你獅子開得太大個口嘞老友。

必達　　你信我啦麥生，如果呢單嘢唔照我嘅價錢令我滿意呢，我會周街開大口唱到你冚間屋企滿公安同審計專員迫到你啾唔倒氣。我有個譜模嘅咁多年嚟牽涉嘅銀碼係幾多 —— 你就未必知啫。你還得神落啦我都未要求見者有份分返一成咁多，咁就去到成二千五百萬倒啦。你話你班 —— 拍檔知啦。

齊家　　(稍震驚)好，我會，係，依家可？好，我要 —— 打電話，你明啦。失陪一陣。

必達　　隨便。(看錶)我唔係好多 ——

齊家　　我都係。失陪。(趨廳門，記起，走回帶公事包再出，儘量保持尊嚴)失陪。

必達保持鎮靜坐着喝酒。齊家出玄關，關上廳門。國富自廚房出來，寶貝自飯廳出來。

國富　　點呀？

寶貝　　點啫？

齊家　　(指示必達仍在)嘛！

國富　　佢肯唔肯收？

齊家　　唔肯。

寶貝　　佢唔肯收錢？

齊家　　(向寶貝)嘛！(向國富)獅子開大口。

國富　　幾多？

齊家　　五百萬。

國富　　五百！

齊家　　我要揾阿德，睇吓佢籌唔籌倒多啲。

國富	咁依家點呀？
齊家	佢等緊我答覆。
國富	阿德十萬都出唔倒啦。佢投資晒落去啲沙煲罌罉大兜鑊度……
齊家	嗽！咁佢實要籌略……（在玄關撥電話）
國富	你打俾邊個？
齊家	阿德囉。
國富	嗱，唔好講太多——
齊家	點解？
國富	有個愛狗之人會喺分機偷聽。
齊家	（掛上）咁點做好呢？條友等住答覆嘅。
國富	你走去同阿德當面講啦。
齊家	依家？
國富	嗽！隔籬街話咁快就到啦。
寶貝	（指廳）咁佢喺裡頭點呀？
國富	由佢等囉。我哋好快返嗜。行啦，揸我架波子……
齊家	我唔坐嗰架嘢㗎。
國富	行啦。

門鈴響，必達稍反應，又續飲。

寶貝	多數係思來。（往開門）
國富	呔嘞，正想搵佢……睇佢出倒幾多。
齊家	咁你同荔緹呢？

國富	乜話？
齊家	你哋一人出十萬得唔得？
國富	怕難啲嘞。我要問吓荔緹，佢揸晒我哋個聯名戶口盤數嘅。(寶貝納思來進門)
思來	哈佬外母，佢行得未？
寶貝	呿……未呀。有些少阻滯……
齊家	(趨客廳，仍緊抓公事包)我去叫佢坐多陣。
國富	思來，行啦侄婿，你跟埋我哋去……
思來	唔係哩，我哋去南國影院睇 ——
國富	公事呀思來，公事……
思來	哦，好，收倒。

朝霞從孩子睡房走出來。國富在玄關拿起電話。齊家開廳門，必達旋頭。

齊家	何生，再等多我一陣，得唔得？我行開五分鐘啫。(關廳門)
必達	好，我呿……(皺眉，再飲)
朝霞	(向樓下嚷)我得喇……
思來	等陣先愛人，計劃有變呀 ——
朝霞	(大怒)乜話？
齊家	㗎！(指廳，向國富)你又做乜呀？
國富	通知阿德我哋殺到囉。(廚房電話響)
齊家	又話唔可以响電話講嘅？
國富	用暗號就得……

齊家	暗號？
朝霞	唔該到底乜事啫到底？
齊家	對唔住阿朝霞，我哋十分鐘後帶佢返嚟。

德民氣喘自後門進廚房，穿圍裙。同時牆洞拉開門，夏蕾怒容出現。

夏蕾	德民，你到底聽唔聽電話㗎？
德民	聽，老婆，我正話點緊冰格存貨啫——
朝霞	依家點都睇唔倒開頭喇啦，都唔值得入場啦。去到嗰陣佢都fair（下平）低晒全人類㗎。（怒沖沖回進房。德民接聽）
德民	喂，倪德民。
思來	（向朝霞背影）對唔住。
國富	喂，阿德呀，國富呀，唔講得太耐，驚竊倒第條線呢。
德民	（恐慌四顧）係嘅係嘅，有可能竊線。
國富	淨係check返前兩日你教我嗰味餸嘅食譜啫。
德民	哦，點？
國富	我驚你俾錯咗落糖嘅份量我……我哋過緊㗎，OK？（收線）
德民	（大驚）不過有得再落多啲糖——（發現已收線）死咯……
國富	OK，出動，行啦。

國富趨大門。思來跟住。德民在灶底找出收藏的錢箱。在以下坐着檢視箱中物—大多是債券、銀行月結單、認股證等。

齊家	（同時，發覺仍拿着公事包）咪住，呢篋嘢點搞？我唔想攬住佢周街行。
國富	（在門口）擺低佢囉。

齊家　寶貝，聽住呀老婆，收埋佢，擺喺一笪安全地方。

寶貝　點解呀？

齊家　噂，裡頭有成一百萬蚊㗎，明解⋯⋯

寶貝　喂吡吡。（頭暈）

齊家　定啲嚟，定啲⋯⋯（改變主意）咪嘞，噂，冇事，我帶埋走啦，好方便啫。

寶貝　唔好唔好，我一時槽咗啫。我咁大個人仲係我連累你嘅。噂，馬上交低俾我啦。

國富　（叫）行啦⋯⋯

齊家　（略驚詫地交公事包給她）好啦老婆，冇事，OK。（指必達）你做乜都好，咪俾佢接近個篋，得唔得先？

寶貝　做得到。

齊家　直程咪俾佢知道喺你度。收埋佢，咁就no problem嘞。OK？

寶貝　好。

齊家　搏命保護住個篋呀大人。

寶貝　我會㗎嘞。（齊家與她生離死別）

國富　行啦大哥，我哋過隔籬街咋。

齊家　（出門時）我哋點塞得入嗰架嘢呀？

國富　塞倒塞倒，係二加二型嚟嘅。（關大門，留下寶貝持公事包如持炸彈）

德民　（檢視文件）死啦⋯⋯呢啲唔賣得。嗰啲都冇可能賣嘅。我邊有得剩嚟整南京佛跳牆呢？

必達往開廳門，寶貝本能地貼牆避免給他見到。

必達　　(柔聲叫)哈佬⋯⋯麥生?(傾聽)麥生?(大惑,回廳內,關門,一會後再坐下)

寶貝小心躡足登樓,到了梯頂,四顧找地方藏公事包。最後決定入近睡房藏在床下。她在樓上走動時,必達向上望。朝霞沿走廊走來。

朝霞　　媽咪?

寶貝　　(跳起)哎吔!阿女。

朝霞　　我仲估邊個喺度鬼鬼鼠鼠咁。佢哋出晒去嚀?

寶貝　　係,剩低⋯⋯何生啫。佢仲喺度。

朝霞　　乜話?佢一支公喺樓下?

寶貝　　你爹哋好快返啫。

朝霞　　你真係冇事吖嗎?

寶貝　　冇事,基基瞓咗未?

朝霞　　就快嘞。

寶貝　　我去錫啖佢,然之後⋯⋯

朝霞　　你大早錫咗一次咯噃。

寶貝往遠睡房,朝霞不明跟隨。同時,後門敲響,德民跳起,收起錢箱,開門。齊家、國富、思來上。思來縮成一團。

德民關後門,恐懼地瞪着他們。停頓。

齊家　　我都唔知我點解落咗水嘅。真係唔知。

德民　　點呀?

齊家　　我哋阿何生要加碼呀德民,你低估咗佢。籌得倒幾多吖?

德民　　佢要幾多吖?

國富	佢要五百萬。

德民　　五百！唔得㗎齊家……有可能……我冇法子可以……五十？冇得傾……

國富　　咁你出得幾多吖？

德民　　呃……四皮啦。

國富　　四十？你條死人——

德民　　如果賣埋個甜品焗爐就出得七十嘅。不過係德國造嘅，買得倒直頭係執倒金一樣……

齊家　　咁你咪賣得倒好價囉。好，你出七十，加思來二……

思來　　我靠賣咗架益豪牌旋轉式剪草機咋……

齊家　　加埋已經有嗰一百，總共百九。咁仲要撲三百一萬嘛可？各位天才。

德民　　(指國富)咁佢呢？佢兩公婆又點？佢哋咁疊水。

思來　　你可以賣鬼咗架異形車……

國富　　我唔賣。

齊家　　叫起手我哋可以去第幾軍醫院後門度拍賣你啲內臟㗎國富。

國富　　咁，我哋搵荔緹尌尌。佢呢瓣掂過我……

國富開始撥電話。

德民　　你唔係call佢吖嗎？用我個電話？

國富　　話定佢知我哋殺到之嗎……

齊家　　行啦，除低你條圍裙啦……

德民　　我？

齊家　　全體都要出席。(近睡房電話響起)

思來　　佢架嘢後座邊有位俾佢呀？

齊家　　塞倒嘅，幾條街啫。

思來　　我情願跑步跟車尾嘞。

齊家　　你要一齊坐車。

荔緹從遠睡房走出來沿走廊去。穿黑色緊身胸衣連腰封、黑皮過膝長靴，其中一隻靴，明顯是電話響時她剛穿了一半，一邊單足跳加跛行一邊咒罵着去接聽。

荔緹　　嚟喇嚟喇，等一陣等一陣，我老早知道呢味嘢實係細咗成個碼嘅 (兇惡地接聽)喂！

國富　　喂……

荔緹　　國富？呸，你咩意思啫打嚟……？

國富　　喂，黑天鵝，我喺阿德度，所以唔講咁多。條線黐得好緊要。我哋有份食譜要問你意見——

荔緹　　有份乜話？

國富　　食譜呀，糖少許、鹽少許嗰款呢——

荔緹　　得，收倒，有乜唔妥？

國富　　怕要落多幾片薑囉唔夠薑呀——

荔緹　　明解。咁返嚟講啦。(收線)

國富　　佢唔多好老脾呀……

荔緹　　真係隧道的士——吊泥鯭過海！(大叫)鷹豹！鷹豹！要收檔做正經事呀honey。(普通話)對不起！

鷹豹　　(遠處、矇矓、閩南話)救命！來啊！荔緹！救命！

荔緹　　等陣吓，(普通話)李登輝。我放返你出嚟啲可？……唔好跳跳
　　　　貢呀保你大。因住吊死自己呀。(進遠房)

德民脱了圍裙，捲下衣袖。

國富　　行啦阿德。

思來　　點塞得佢入呀？

國富　　好近啫。

德民　　我使唔使着褸……？

齊家　　着埋褸要綁你上車頂咯。

國富　　(帶頭出外)咁就行啦……

思來　　(出門時)拜拜妗母！

眾出，關門。牆洞開，夏蕾怒目瞪視。

夏蕾　　(廣告式)「多啲糖？多啲薑？多啲美極海鮮醬？」佢整邊味呢吓？
　　　　(關洞)

同時，必達立起趄門，開門步出玄關。

必達　　(再次低呼)哈佬？有冇人呀？(他頗憂慮，往廚房門，開門進廚
　　　　房。在以下，他在廚房四顧，開後門望出外面的黑暗中)

**同時，荔緹沿走廊走來，正縛好晨褸。現在一雙靴都穿好了，鷹豹跟住
她。他是個二十八歲、瘦削寒背緊張的、四眼、書生而害羞型，也在穿好
浴袍而赤足，只穿褲子。**

荔緹　　（一邊下樓，普通話）這偵探好麻煩……

鷹豹　　（閩南話）誰？

荔緹　　（普通話）私家偵探在調查。有人要付錢……

鷹豹　　（閩南話）和我二哥鷹獅談談，你付了錢可以較長久安樂……

荔緹　　打令，我聽唔明你嗡乜，不過我估你講得好啱。嚟吖，我哋飲返
　　　　杯。（普通話）喝點東西。

鷹豹　　（閩南話）對了，喝一杯。

二人進遠廳。必達走出廚房，往飯廳。

必達　　（自語）越嚟越古怪……麥太？（開始上樓）

**遠廳全體：齊家、荔緹、思來、國富、德民及鷹豹穿過往近廳，在以下各
自坐下。只有荔緹、鷹豹二人已有飲料。**

荔緹　　好，籌款救濟邊瓣？即係話佢要坐地起價啦。

齊家　　佢要五百，尚欠三十一。你侵滿佢得唔得先？

荔緹　　乜話？要現金？

齊家　　係。

荔緹　　好難咯。

德民　　你哋賣咁啲嘢咪得囉。

荔緹　　我哋賣咁啲嘢就可能得，係……

思來　　比如由佢架波子開始賣吖——

荔緹　　（思索）唔得，唔賣得嗰件，我唔係經正常途徑買嘅……

德民　　（激動）冇㗎，總之你點都要度掂佢——

國富　　（怒）喂，點解係要我哋賣嘢啫——

齊家　　好喇！

眾稍停，必達到達梯頂，望進黝黑浴室。

必達　　麥太？（他扭亮燈，入浴室四顧，然後再熄燈）

德民　　我所有錢已經綁住晒，綁到實一實。

國富　　哦，咁你可以解返鬆佢啫……

齊家　　嗱，你班人聽住，我講一次㗎咋。一係你哋籌足錢，一係就拉倒。OK？我留低你哋自己度掂佢嘞。

思來　　喂，咪咁冇人情味啦……

齊家　　你哋自己諗掂佢。因為我冇打算下半世一味幫你哋做聖誕老人孭住成袋神沙呢度去嗰度去。

必達進近睡房亮燈，現時十分警覺。

必達　　哈佬……？（熟視此房一會，然後熄燈）

思來　　嗱，我就有成百咁多嘞。

齊家　　咁佢呢？台灣佬呢？

荔緹　　呢位係老四馬鷹豹。你見過佢啲兄弟啦。

思來　　儲（音草去聲）齊一套可以換一隻麥嘜公仔。（笑）

國富　　我哋唔可以再扰馬氏兄弟心口㗎嘞。上次嗰兩皮聽講話馬老太好唔潤喎。

齊家　　好，我都希望揀日同佢老母見吓面。返返去我原先嗰條問題，你哋去邊度揾銀？

必達　　（開始沿走廊趨遠房）麥太？

荔緹　　你——好唔好……？你等我哋一分鐘吖大哥，等我哋傾掂佢先。

齊家　　你哋係得咁耐咋：一分鐘。

荔緹　　我哋儘快囉⋯⋯

齊家　　（立起）好，咁我⋯⋯

荔緹　　唔使，你坐啦，我哋過隔籬。OK？行啦全人類，過隔籬。（荔緹領眾往遠廳）

齊家獨留，不耐煩地坐等，不時看錶。必達快到遠房門。

必達　　麥太⋯⋯

寶貝出房，幾乎與必達相撞，叫起來。

寶貝　　哎吔！

必達　　麥太⋯⋯

寶貝　　哦，對唔住，唔好意思阿何生，我——

朝霞急出房。

朝霞　　媽咪？你有事吓嗎？

必達　　唔係，係我唔好意思就真。麥太，我冇心嚇你㗎⋯⋯

寶貝　　冇，點會吓⋯⋯

必達　　我淨係想搞清楚間屋除咗我仲有冇人留喺度之嘛⋯⋯

寶貝　　好對唔住我哋——丟低你，我睇緊啲外孫⋯⋯

必達　　（柔情地）呀！

寶貝　　係呢，你未見過小女可？朝霞呀。

朝霞　　Hi。

寶貝　呢位係何生……

必達　真係似足阿媽一樣咁靚。Hi，朝霞小姐，我記得嗰晚見過一面嘅。

朝霞　（瞪視他）係吖。

寶貝　冇事，朝霞，我冇嘢……

朝霞　真係冇事？

寶貝　係。（朝霞回進房）失禮晒。我哋返落樓哩？斟過杯俾你吖。我先生應該幾分鐘內返到㗎嘞。

必達　哦，老實講吖麥太，我諗我唔可以再等多幾耐㗎嘞。

寶貝　哎吔……

必達　我另外有一兩單晚間嘅約會，我諗我要告辭嘞。

寶貝　哦，係嘅。咁等我送……（指樓梯）

必達　我估，喺我告辭之前……你位先生講過冇問題嘅 —— 即係我可以拎咗個公事包，俾我帶走。

寶貝　唔係噃，對唔住嘞，佢吩咐我嘅係 ——

必達　我向你保證絕對冇問題嘅。

寶貝　係睹，弊在佢帶咗走呢。唔知去咗邊呢。對唔住咯。

必達　咁呀，真係麻煩嘞。

寶貝　唔好意思，你要等到佢返嚟先，帶埋個篋。

必達　我有種預感，咁做係會危害我嘅健康嘅。

寶貝　我可以幫你開着個暖爐略。（再嘗試領他下樓。必達似乎不肯走）

必達　真係好濕滯噃，個篋唔喺呢度？

寶貝　Sorry囉。

必達　我講你聽吖麥太，我做少先隊嗰陣，去親啲慶豐收集會呢，大家就玩個遊戲叫做草鞋尋寶。你玩過未呀？實有啦，或者你啲細路都玩過嘅：收埋啲草鞋四圍揾吖嗎。噚，咁多遊戲之中，我最鍾意呢樣。因為我真係好叻好叻尋寶㗎。（必達開始迫到寶貝慢慢退後，沿走廊趨近睡房。她有如被催眠）你知唔知我嘅秘訣係乜呢？話你知，我直操入去收埋嗰樣嘢間房度，兜口兜面直望住收埋嗰樣嘢個人塊面——呢，任佢點抗拒都好啦麥太——佢終歸實穿煲為止。佢總之一定忍唔住，就係咁射喱對眼的咁多啫，睄一睄肯定仲係收藏好，即如你剛剛咁樣囉麥太。

寶貝　噚，我唔知你想點——（二人已進了近房）

必達　我嘅估計就係收喺呢間房某處。（亮燈）我估得啱可？

寶貝　噚，對唔住我要請你出去嘞何生。

必達　等我揾倒屬於我嘅嘢咯喎麥太，我咪瀟灑走一回囉。

寶貝　（揚聲）唔好意思，我唔會俾你恐嚇倒我……

必達　咻！麥太，學吓靜一啲嚟玩呢個遊戲好唔好先？唔係會嚇親啲乖孫㗎，咁就唔好啦係咪先？

寶貝　（開始動怒）噚你聽住——

必達　咻！（望向衣櫥）比如櫃裡邊，點睇呢？（兜過寶貝，她本能退縮。必達審視衣櫥）

寶貝　我個細女都喺度吓，話你知吖，就喺隔籬房咋。

必達　邊個話？阿如玉小妹妹呀？哦，千祈唔好騷擾佢可？（查完衣櫥）冇，裡頭冇。

寶貝　好似係我老公架車聲嚕。

必達　你有啲體育精神呢，就會嗌聲「近傍嘞」；或者「遠咗，遠咗」……呀，我吼倒你對銷魂眼射住邊度呢……Hm？比如下低？（彎身看床底下，寶貝從床另一邊抓起公事包，奔向房門口）唔得唔得，咁茅嘅，唔公平……

寶貝　　唔俾得你……走啦！（寶貝奔進浴室，欲關門。必達緊追，阻她關門。她雖盡力仍難阻他慢慢推開浴室門。他比外表為強）

必達　　（靜靜地）嗱嗱，曳曳嘅曳曳嘅麥太。

寶貝　　（掙扎）你出去呀……

必達　　（慢慢推開門）往日我去嗰啲集會呢，啲出茅招嘅女仔要打pat pat㗎……你贊唔贊成體罰㗎麥太？我呢份就周時都發覺呢味嘢好有效。尤其是係對付啲細路女而又 —— 茅嘅！（最後一推，門大開，寶貝退縮，幾乎跌進浴缸。必達亮浴室燈。寶貝立着喘氣，緊抱公事包。必達迫近她）嚟啦……俾我啦……

寶貝　　（大叫）朝霞！

必達　　嗱，今次真係曳曳嘞。打！Pat！Pat！

必達抓住公事包，二人半靜默地摔角。

必達　　（掙扎）你真係當我咁蠢，一味坐喺度等，等佢班齊馬冚家殺到嚟……喂，放手……

寶貝　　（同時）我唔俾……膝頭對上就髀……你唔使旨意……（朝霞聞聲沿走廊奔來）

朝霞　　媽咪？媽咪做乜事呀？

寶貝　　咪俾佢搶倒呀朝霞。幫我手鬥贏佢……

朝霞　　（幫手拉扯）你好放手吓。你放開我阿媽吓……

必達　　（正在enjoy）嗱嗱嗱，二對一，唔通嗰小妹妹……

寶貝　　俾返我……

必達　　我警告你吓，小妹妹，我係鋼條嚟嘅，人細力大。我唔想整傷你哋，不過你哋再唔乖乖地就迫到我 —— 喂哋！（三人大叫滾地）嗱，咁有乜好睇呢P晒K……（向朝霞）嘩，喂，咪咬呀茅躉！（在地上繼續掙扎，雙方大致勢均力敵，拉鋸戰）

115

同時，荔緹遠廊出來。

荔緹　對唔住大哥。

齊家　點呀？度倒橋未？

荔緹　度掂晒。不過條橋你唔likey啫。

齊家　(諷刺)你想話叫我自己做船頭尺度水？

荔緹　我哋度過晒，唯一嘅辦法，就係將原先嗰筆錢交俾裡頭阿鷹豹，等佢揾佢班兄弟搞掂佢。安排阿何生發生一單小小嘅意外囉。舊橋啫。(齊家瞪視她)

朝霞　(嚷)晚霞！晚霞！快啲嚟幫拖啦！

齊家　我有冇聽錯呀？……

寶貝　晚霞！佢實係戴住對仆街耳筒啦仲使審。

齊家　安排一單意外？你係話隊冧佢係咪先？你係咪咁講先？

寶貝、朝霞　(二重嚷)晚霞！

荔緹　大佬，咁係唯一一步棋哩……

齊家　如果得呢步棋，咁就菩薩打救你……

荔緹　除非你睇住我哋冚家入冊啦……

齊家　(衝出玄關)係咁先，係咁先。我哋墮落到谷底嘞。落咗去屎渠嘞，變返四隻腳一條尾嘅畜牲咯。我唔要再聽一個字，早唞啦。

齊家砰然出大門。荔緹目送他，國富從遠廊出來。

國富　睇嚟佢唔多受可？

| 荔緹 | 橋唔怕舊最緊要受，終歸佢實低頭。你知你大佬份人㗎啦……大家飲返杯先好唔好？(二人回進遠廳) |

同時浴室之戰持續。

必達	嗱兩位小妹妹，你哋玩夠喇，開心完啦，因住樂極生悲會有人受傷㗎……(大力把三人扯起離地，在浴缸邊沿玩搖搖板。此際公事包爆開，滿室紙幣亂飛)
寶貝	(大驚)堅持到底呀女。
朝霞	(掙扎)堅……堅……我堅……(晚霞從睡房出來，有點糊塗，耳筒仍掛在頸)
晚霞	有人嗌……？(沿走廊走着時嚷)媽咪？媽咪？
寶貝	晚霞，嚟幫手啦。
朝霞	(同嚷)晚霞！
必達	(仍大為enjoy)哦，仲加埋阿如玉喺？好鬼死茅啫……

晚霞進浴室，驚愕地注視。

晚霞	你哋玩緊乜呀？
寶貝	晚霞你助我哋一臂好唔好……？
朝霞	好心你啦晚霞……佢想整死我哋呀。
晚霞	吓，係你？死狗口豬頭燦……(振奮撲上)好……
必達	喂！喂！白如玉……

在最新一輪攻擊的壓力下，必達栽進浴缸出了視線以外。一聲慘叫及一聲重物墮地。朝霞與寶貝停了掙扎。寶貝退縮，抓住空公事包。朝霞在地板上滑後，筋疲力盡。晚霞繼續不停手襲擊。

寶貝	晚霞！晚霞！夠喇！夠喇！
朝霞	(大喝)晚霞！(晚霞停手，氣喘，與母姊同坐地板上。她突然打個突，令人發覺她已處於半痴呆狀態。靜默一會)
	(喘氣)我老母吖，你睇吓咁死多錢？
晚霞	點得㗎喋？
寶貝	係你爹哋嘅……
晚霞	佢撻嘅？
寶貝	唔係，你爹哋實唔會，你知佢為人點嘅晚霞。
朝霞	佢點呀？個實Q佬……
寶貝	我唔知，我睇吓……(熟視必達)佢好似冇呼吸咁。(傾聽)佢冇呼吸。(大驚)佢瓜咗。
朝霞	(大驚低呼)戴高樂。
晚霞	好呀！
寶貝	晚霞！佢個頭唔知點得㗎穿咗個大窿，佢……睇吓流咗幾多血。(大驚)死啦，實俾齊家鬧死咯！佢話大清洗，我哋就搞到咁污糟。(三人各自頹倒，因力竭及不同程度震驚而不能動彈。齊家入大門，關上門。三女人反應。齊家直入客廳)
朝霞	(低聲)係爹哋。
齊家	(見是空廳)寶貝！
寶貝	唔知佢會點鬧法咯……
齊家	(瞥進空廚房)寶貝！(越加恐慌)
朝霞	(指必達)或者我哋收埋佢响邊處吖……
寶貝	唔得，實要俾佢知，一定要話你爹哋知。
齊家	(在梯腳嚷)寶貝！朝霞！

寶貝　　（無力地回嚷）我哋喺呢上便呀齊家……

齊家　　（開始登樓）乜話？

朝霞　　呢度呀爹哋……

齊家到了梯頂，不肯定她們位置，望進近房，再望浴室，呆住，大驚，見到三女人的情狀。

寶貝　　Hi，老公。

朝霞　　Hi，爹哋。

晚霞　　Hi……

齊家　　你哋整乜傢伙？成班喺裡頭搞邊科呀？

寶貝　　我哋……

齊家　　你哋將啲錢撒溪錢呀？到底搞乜鬼呀？

寶貝　　我哋幫你保住啲錢囉齊家……

齊家　　咁何生去咗邊呢？

寶貝　　佢去咗——

晚霞　　佢喺浴缸裡便。

齊家　　乜話？

寶貝　　（指示，差點聽不見）喺浴缸裡便。

齊家趨前看。

齊家　　噢，大劑。（瞪視必達）爆屎渠咯。寶貝，你做過啲乜嘢㗎？（停頓）噢shit！

寶貝　　（極之痛悔）對唔住呀齊家。

齊家　　噢。（搖擺不定）我有啲頭暈……

寶貝　　唔好暈呀老公，咪暈到椿埋落去……

朝霞　　頂住呀爹哋……

寶貝　　佢一見血就暈㗎……

齊家　　冇，冇事，我冇事。（頂住了）我哋點算好呢……？

寶貝　　（乏力地微笑）好在佢喺浴缸裡面，冇咁污喱單刀……

齊家　　（呆鈍）諗得到寶貝，講得好。（點中笑穴，寶貝大笑起來。首先朝霞，然後晚霞跟住。三女一起大笑。齊家難以置信地呆望她們）好喇，夠喇，笑飽喇。（大叫）笑飽喇！（眾停止。靜默）我頂佢個膶！十足黃秋生人肉叉燒包個沖涼房咁樣。你班嘢黐咗邊條筋呀？

寶貝　　（開始落淚了）我哋點算好呀老公？

朝霞　　（也開始哭）我哋點算好呀爹哋？

齊家　　（馬上比她們堅強）OK，冇事嘅，我哋度掂佢……

寶貝　　（哭泣）我真係好對你唔住呀——

朝霞　　（哭泣）唔係你嘅錯啫媽咪。（晚霞似乎輕度休克）

齊家　　噂，冇事嘅，冇事嘅，咪咁啦。我哋冷靜啲。朝霞，你去睇吓基基，好似佢嗌緊你咁聲。晚霞，我想你執返晒成地呢啲，一張都執清佢。聽見未……

晚霞　　爹哋呀，乜鑊鑊都搵正我㗎？

齊家　　乖呀，聽話啦。

寶貝　　（帶淚）咁……咁佢呢？

齊家　　留低佢瞓响嗰度先，我會處理。晚霞，乖啦，攞張毛巾圍住晒佢，叻女。

晚霞拉浴簾，然後拾錢。以下朝霞回遠房，齊家扶寶貝出浴室下樓。

齊家　嗰班友搞掂，嗰班友會搞掂。你知唔知後日乜嘢日子吖？

寶貝　唔知……

齊家　係你爹哋生日吖嗎，係唔係先？

寶貝　係嘛，我都唔記得……

齊家　嘩我哋唔做得唔記得㗎，係咪先？我哋幫外父搞大佢，好唔好先？佢七十五大壽嘛，我哋一家加埋佢成個家族，可？

寶貝　（勇敢地微笑）一於咁話……

齊家　我哋搞個大生日party，阿德同夏蕾啦，荔緹同國富啦，思來同朝霞……

以下他被淹過了。齊家說着時事情在發生。場面慢慢轉變而人們聚集開生日會。如前hi-fi播出音樂。國富、思來及德民從飯廳出來，拿着自助食物碟。荔緹、夏蕾和鷹獅，三十二歲，從遠廳進近廳。鷹獅衣着入時，眉目清楚，十足有組織犯罪集團的代表。眾人在談着。

荔緹　呢位係馬鷹獅二哥……呢位係 —— 我都唔識點計啲關係咯真係……佢係我老公個大佬個老婆個細佬個老婆……即係我大伯娘個弟婦，明解？

鷹獅　（笑着說流利而帶閩南口音的廣東話）明啩。我哋台北都一樣有呢類大家庭複雜關係，都要打算盤計親戚……

夏蕾　（似乎很勉強盡力而為）係哦可……

荔緹　我哋去攞啲嘢食先。你都嚟啦夏蕾？

夏蕾　咪嘞，我暫時唔使住……（這句疊以下）

國富　（從飯廳走出來）寶貝大嫂。（鞠躬）我服咗你咯，更上一層樓，今晚呢餐簡直係色香味三全，講得啱晒呢句 —— 色香味三全？

寶貝　　多謝你過獎⋯⋯

國富　　係咪先阿德？

德民　　哦，係之至啦。

國富　　嗱，專家都咁話。

齊家　　證明抵讚冇花假⋯⋯

寶貝　　多謝晒咯，失陪一陣先⋯⋯（進飯廳）

國富　　有冇堅嘢飲呀大佬？我同你斟吖？

齊家　　好，唔該，大威加水吖。

國富　　收倒。（他走進遠廳。荔緹、鷹獅遺下夏蕾在近廳趨飯廳，在玄關碰上齊家）

德民　　齊家，同你好快講兩句得唔得先⋯⋯？

齊家　　等多一陣得嗎阿德？我要換衫呀。

德民　　都唔使——

荔緹　　大哥，你未見過鷹獅二哥可？鷹獅，我大伯麥齊家。

齊家　　（慢而大聲）你好，歡迎你光臨，（普通話）歡迎你。

鷹獅　　你好，好熱鬧嘅生日會，喜氣洋洋，我正話至同荔緹講，令我記返起喺新竹我哋自己家族嘅聚會。

齊家　　（驚愕）哦。

荔緹　　呢件識廣東話嘅。

齊家　　我聽得出。

鷹獅　　係呀，我好好彩，入倒廣州雛妓大學⋯⋯

齊家　　咁咪正囉。

荔緹　　（拉鷹獅走）係科技大學，去攞啲凍肉——sashimi囉。

鷹獅	自取其肉可,第日再傾呀大佬麥。
齊家	係,好,大把世界剾啦新竹佬。

荔緹、鷹獅進飯廳,德民捉得住他之前,齊家已上樓去。國富從遠廳攜酒出來。

德民	(無用地目送齊家)大佬……(見國富)國富,好快傾兩句吖?
國富	好,好快吓阿德,我要攞杯威水俾大佬……

德民不理,拉國富一旁。樓上齊家進近房如前開始換襯衣。

德民	係咁啫——我要齊家发頭至——着草,出海,去沖繩島開檔。我淨係唔想做錯乜嘢累倒你哋啫國富,同埋盤生意嗦啦好明。
國富	你要等吓先阿德。
德民	係,不過國富呀,你知我同夏蕾之間越做越……你知點㗎啦……
國富	你要有啲耐性阿表少。噬起棚牙忍佢多一陣啫。你依家玩失蹤唔掂㗎,好㾒眼啫阿德,先先老何,跟住你,唔可以個個失晒蹤㗎,佢近排唔係好咗啲咩?我仲估荔緹同佢傾過嘅……
德民	係吖,佢好咗好多,的確有效——我好多謝你老婆㗎國富。我唔知佢講咗啲乜,不過……(國富開始帶酒上樓。朝霞從飯廳出來。德民憂鬱地進近廳)
朝霞	冇膠叉用?我再攞多啲吖,喺邊話?櫃桶呀?(進廚房)
德民	(向夏蕾)你唔攞嘢食呀老婆?
夏蕾	(震驚)唔食。
德民	真係唔食?好正嘛,有你鍾意嘅糖不甩呢。你咪鍾意糝滿糖糝滿花生嘅糖不甩嘅?
夏蕾	德民,求吓你俾我一個人清靜吓,你走啦!

德民　　我淨係想試吓……（失意地進遠廳遺下夏蕾。朝霞找到叉在牆洞遞過去）

朝霞　　膠叉呀媽咪……

寶貝　　（自飯廳）哦，唔該阿女。

朝霞回進飯廳。以下荔緹及鷹獅自飯廳過去近廳，手拿食物。國富到了房中齊家處。

荔緹　　杯酒擺咗喺邊呢我哋？

鷹獅　　好似喺裡便……（領路進遠廳）

荔緹　　呀係喎。Hi夏蕾，一個人？

夏蕾　　我OK。

荔緹　　（笑）好，你小心啲。（進遠廳。齊家、國富皆進浴室）

齊家　　閂門啦。（國富如命）咁台灣佬又搞邊科？

國富　　佢哋開天殺價囉大佬，係咁啫，呢，搬運同清理我哋老友嗰單好攞膽囉。

齊家　　幾多？

國富　　五百。

齊家　　咁即係撳住搶啫。

國富　　我知。不過我哋冇乜條件講價呢大佬。嗱，班馬鷹禽獸有晒架撐、又貨van、又快艇。我估落埋石屎墜底嚓。

齊家　　好，做得好。（國富趨房門）順便講埋吖國富 —— 閂門吖 —— 我諗，到咁上下，我要你同荔緹入埋董事局 ——

國富　　哦，你即係話 —— ？

齊家　　做埋正式董事囉，加入埋我同德民，咁到佢走嗰陣你哋就接替埋佢嗰份。

國富　　　我希望佢冇咁快走住呀大哥。

齊家　　　唓老實講，佢仲衰過冇用呀國富。佢早啲去用佢啲炸燶豬油污染
　　　　　太平洋，我就安樂啲。

國富　　　唔係嘅。話晒我哋都鍾意有埋佢喺度嘅係咪先？可以啜實佢吖
　　　　　嘛。我係話，你係大佬揸fit人呀大哥，不過我覺得我哋係嗰種要
　　　　　團結喺埋一齊嘅大家庭……

齊家　　　（頗感動）你講得好，很對，國富。（擁抱他）我哋係一家人吖嘛。

二人回進睡房，齊家換上新襯衣。荔緹進近廳一會。

荔緹　　　嚟啦夏蕾，陪住阿德民啦，佢一支公咁陰功……

夏蕾　　　（無興趣）唉……

荔緹　　　（友善地）唓夏蕾，記唔記得我點講呀？你要睇住德民㗎，唔係佢
　　　　　就會去識啲新朋友㗎喇係咪先？咁唔使幾耐呢，佢呢啲新朋友就
　　　　　會不分日夜任何鐘數操到嚟你屋企，大門又開住佢，咁Lucky就
　　　　　好易標出去條馬路度，俾架大石屎車轆過……你試吓佢啲沖繩牛
　　　　　腩煲啦，食食吓你就食得慣㗎嘞。（到這裡夏蕾立起，急進遠廳）
　　　　　（開心地）唓佢咪喺度囉……（跟隨）

齊家　　　仲有冇第單？

國富　　　冇嘞，暫時係咁多……（下樓）

寶貝自飯廳匆匆出來，穿上最大膽的晚裝，明顯是自置的，不是荔緹的。

寶貝　　　（向樓上嚷）齊家？（向國富）齊家佢落嚟未呀？

國富　　　嚟緊。

寶貝　　　我諗佢哋嚟到嘞……（在玄關徘徊）

國富進遠廳。齊家在房更衣完畢，開始下樓遇上晚霞。

齊家　　哈佬晚霞，適應晒新環境啦依家，OK可？

晚霞　　我OK。

齊家　　好。(停頓)好啦，樓下一陣見。(急下樓)

晚霞　　一陣樓下見。(以下，她在梯頂立了一會，然後，似乎無法面對樓下人群，走進黑暗的浴室，在餘下戲中一直坐在這兒，空洞地向前直瞪)

齊家　　(到了玄關)好嘞，全世界去晒邊？

寶貝　　哦，你落嚟嗱，快啲啦，佢到咗喇……同懿芳坐的士到咗門口喇。

齊家　　好吖，時間啱啱好。(走進遠廳驅眾人穿往近廳去)行啦全人類，外父駕到。

寶貝　　(招手叫朝霞走出飯廳)嚟啦朝霞，爽手。

朝霞急越玄關進近廳會合國富、荔緹、鷹獅、夏蕾、德民、思來、齊家。寶貝在玄關徘徊等候。

荔緹　　(有人摸她時)噢！

眾　　　嚇！

荔緹　　又中招「囉」！……

門鈴響。寶貝立刻開門，壽崑及懿芳進門，壽崑一般模樣，可能更糊塗一點，懿芳像株聖誕樹，滿身閃耀着貴重珠寶首飾。

寶貝　　哈佬，歡迎，入嚟啦入嚟啦。

壽崑　　你好呀靚女，我個……珍珠？

寶貝　　我同你掛起件褸吖。

懿芳　（打眼色）我哋最早到呀？

寶貝　係啩。

壽崑　生日快樂呀乖豬，青春常駐㗎。

懿芳　唔係呀，係「你」生日呀倪翁，你自己呀。（向寶貝）佢好冇記性，正話係咁恭喜個的士佬生辰快樂。

壽崑　我咩？咁係我生日咯喎？

寶貝　係呀，係你生日唔係我生日。

壽崑　我知吖女。七十五。我今日七十五嘞。係咪先？

寶貝　喏，咁入嚟坐啦。

壽崑　好吖，呢度邊個住㗎？（寶貝領他們越玄關。壽崑步入近廳之際，亮燈，眾人齊聲）

眾　（唱）祝你生辰快樂，祝你生辰快樂……

最後齊拍掌，人人圍攏壽崑祝賀，他看來受不住。寶貝拉齊家一旁。

寶貝　齊家！你睇唔睇見嗰個女人戴滿啲乜嘢呀？嗰個懿芳戴住啲乜呀？

齊家　戴乜啫？闊邊防漏呀？

寶貝　係我死鬼老母啲金銀首飾呀，佢戴埋我阿媽啲鑽石喺呀。

齊家　或者係外父借住俾佢啫。

寶貝　（惡毒）係鬼，齊家，佢撻㗎。如果阿媽要剩低俾邊個嘅，都應份俾我。嗰個女人撻晒佢，當我唔敢郁佢，死臭賊婆㗎……

齊家　唔怕嘅老婆，如果佢係偷嘅，咁佢要對佢嘅行為負責。我唔容許再有咁嘅行為㗎嘞。由今日起，呢個家族，要遵守二百三十條嚴厲嘅家法，任何人犯咗，要向全個家族交代，遲啲我叫荔緹同佢傾吓，依家就唔好諗佢，開開心心開party先……

寶貝　　(柔情地)你係個好人呀齊家，真係一等好人。(輕吻其頰，二人回到人群中)

壽崑　　(蓋過談天聲)各位……鄉親父老……

國富　　致辭！致辭！

荔緹　　噀！靜啲！(靜默。壽崑、懿芳都有了飲料)

壽崑　　各位來賓……我淨係想講兩句……依家我唔會講好長篇……因為我唔係主角，又唔係我好日子，我淨係想話……齊家。(看德民)

德民　　(輕輕指示)嗰個至係齊家呀爹哋……

壽崑　　冇錯，我係話齊家，唔係同你講呀傻仔。(向齊家)齊家，多謝你所做嘅一切，你明我講邊啲一切啦，仲有，好女婿，生日快樂。(舉杯，眾人驚愕，一起向齊家敬酒)

齊家　　哎，呢個係我冇預備到嘅我嘅生日。(思索)我今年已經致過辭嘞，所講嘅內容仲係啱使嘅，因為大家都知道，我係一個有原則嘅人。啲大原則，基本上冇乜變。不過人係萬物之靈，企鵝北極熊唔去得熱帶生活，熱帶魚去到北極就會死，只有人，係能夠適應環境，而永遠適者生存。原則基本不變，不過亦可以適應不同嘅時代，與時並進。所以我上次講嘅原則，大家為公司建立一個信字，呢樣仲係啱使嘅。(譯註：以上這段是原劇本沒有，我自己加的，如果太畫公仔畫出腸，可以不要。)所以我只係想祝酒啫。外父，我敬你一杯，再敬全人類，我哋呢個大家庭，最後，係敬我哋呢盤生意、呢間公司，我哋捱過咗最嚴峻嘅關頭大家都有份嘅風風雨雨，打贏咗場仗，送走晒佢㗎嘞，趁咁人齊，我向大家作出一個承諾，唔係將啲影響減到最少，係直程冇，講過幾次㗎嘞，我發夢都諗住……唔係，係我分分鐘都諗住嘅：我哋會與時並進，繼續送走晒啲風雨、風浪、風暴、風潮、風波 — 唔理佢風乜，同埋風從哪裡來都好，我好有信心，以後就風調雨順、國泰民安、繁榮安定、人壽年豐。各位親戚，大家一齊舉杯，敬我哋嘅 — 家庭作業！

眾　　　家庭作業！

眾飲時，燈暗於廳中眾人處——留下數秒照亮晚霞獨自瑟縮的形象，然後
她形象也消失之時，台全黑，幕下。

劇終

陳鈞潤 (1949-2019)

陳鈞潤，香港出生，是著名的戲劇翻譯家、編劇、作家及填詞人。自上世紀七十年代起翻譯歌劇中文字幕多達五十多部，至八十年代中更開始為香港劇場翻譯舞台作品超過五十部，其中不少是廣受歡迎且多次重演的經典名作。

陳鈞潤六十年代於皇仁書院畢業後，考獲獎學金入讀香港大學，主修英文與比較文學。曾任香港大學副教務長、中英劇團董事局主席、香港電台第四台《歌劇世界》節目主持及康樂及文化事務署戲劇及歌劇顧問。陳鈞潤文字修養極高，他翻譯的作品，人物語言極具特色，而最為人津津樂道的，是他把舞台名著改編成香港背景下的故事。他善用香港老式地道方言俚語，把劇本無痕地移植育長，其作品是研究香港戲劇和語言文化的珍貴寶藏。

學貫中西的陳鈞潤以其幽默鬼馬卻又不失古樸典雅之翻譯風格而聞名。他以香港身份為本，將西方劇作本地化及口語化。多年來其作品享譽盛名，當中包括改編自莎士比亞的浪漫喜劇《元宵》、法國愛情悲劇《美人如玉劍如虹》、美國黑色音樂喜劇《花樣猄牙》、《相約星期二》、《泰特斯》等不朽經典。

陳鈞潤多年來於戲劇界的表現屢獲殊榮，包括：1990年獲香港藝術家聯盟頒發「劇作家年獎」；1997年獲香港作曲家及作詞家協會「本地原創正統音樂最廣泛演出獎」；1998年其散文集《殖民歲月——陳鈞潤的城市記事簿》獲第五屆「香港中文文學雙年獎」；2004年以「推動藝術文化活動表現傑出人士」獲民政事務局頒發「嘉許狀」；及獲香港特別行政區頒授榮譽勳章。除此，陳鈞潤一直在報章撰寫劇評，為香港劇場留下大量的資料素材，貢獻良多。

陳鈞潤翻譯劇本選集 ──《家庭作孽》

原著
A Small Family Business by Alan Ayckbourn

翻譯及改編
陳鈞潤

策劃及主編
潘壁雲

行政及編輯小組
陳國慧、江祈穎、郭嘉棋*、楊寶霖

校對
郭嘉棋*、江祈穎、楊寶霖

聯合出版
璧雲天文化、中英劇團有限公司、
國際演藝評論家協會（香港分會）有限公司

璧雲天文化
inquiry@pwtculture.com
www.priscillapoon.wixsite.com/pwtculture

中英劇團有限公司
電話（852）3961 9800　傳真（852）2537 1803
info@chungying.com　www.chungying.com

國際演藝評論家協會（香港分會）有限公司
電話（852）2974 0542　傳真（852）2974 0592
iatc@iatc.com.hk　www.iatc.com.hk

鳴謝
陳焦雋先生及其家人、香港話劇團

封面設計及排版
Amazing Angle Design Consultants Limited

印刷
Suncolor Printing Co. Ltd.

發行
一代匯集

2022年2月於香港初版

國際書號
978-988-76137-2-5

售價
港幣300元（一套七冊）

Printed in Hong Kong

資助 Supported by

香港藝術發展局
Hong Kong Arts Development Council

中英劇團由香港特別行政區政府資助。Chung Ying Theatre Company is financially supported by the Government of the Hong Kong Special Administrative Region.

國際演藝評論家協會（香港分會）為藝發局資助團體。IATC(HK) is financially supported by the HKADC.

香港藝術發展局全力支持藝術表達自由，本計劃內容並不反映本局意見。Hong Kong Arts Development Council fully supports freedom of artistic expression. The views and opinions expressed in this project do not represent the stand of the Council.

* 藝術製作人員實習計劃由香港藝術發展局資助。The Arts Production Internship Scheme is supported by the Hong Kong Arts Development Council.